花咲小路一丁目の髪結いの亭主

小路幸也

ポプラ文庫

花咲小路一丁目の髪結いの亭主　目次

花咲小路一丁目の髪結いの亭主

prologue

〈髪結いの亭主〉という古い言い回しがあるそうです。

わたしは知らなかったんですけど。

そもそも〈髪結い〉とは江戸の頃の理髪業《りはつぎょう》のことです。あの頃の日本人は男も女も髪を結っていましたからね。だから髪の毛をきちんと整えるのを〈髪結い〉って言っていたんです。〈髪結い床《どこ》〉は床屋《とこや》、つまり理髪店のことですよね。

それは、もちろん知っていました。

そして男性のちょんまげを結うより、女性の髪を結うのってものすごく複雑で大変そうですよね？

結婚式で文金高島田《ぶんきんたかしまだ》の髪の毛を見たことある人はけっこういると思いますけど、今はほとんどカツラですけど、本当にその人の髪の毛であれを結うのってものすごく高度な技術が必要だっていうのは誰でも思いますよね。

だから、女性の髪結いは自然と女性がやるようになっていったんですよ。あたりまえですよね。女は女同士でわかりあえるものだし何よりも通じ合うセンスがあるってものですよね。

そうなんですよ、オシャレなんですよ。

江戸時代の〈髪結い〉っていうのは、今のカットやパーマと何にも変わらない、まったく同じ感覚の〈髪の毛のオシャレ〉だったんです。ヘアスタイルだったんですよ。

だから髪結いさんは、日々カッコいい髪結いの形を研究したり、今で言うところの〈流行のヘアカタログ〉ならぬ〈流行《はや》りの髪結いカタログ〉だって江戸時代にはあったんですよ！　スゴイですよね！

江戸の頃にも女同士でそのヘアカタログ見ながら、「近頃はこんな結い方が流行りなんですよ」「あらいいわね！」なんて話をしながら髪結いをしていたんです。まぁそこのところはたぶんなんですけどきっと間違いないと思います。

女性が持つ美の追求って感覚は、昔も今も本当に何も変わらないんですよね。

何の話でしたっけ。

そう、〈髪結いの亭主〉っていう言葉です。

つまり、江戸時代から〈髪結い〉は、きちんと自分で稼いでいける、そして女性もその職に就くことができる数少ない〈職業〉のひとつだったんです。

だからこそ、女房に〈髪結い〉をさせて稼がせて、自分は毎日その女房の稼ぎでふらふらと遊んでいる旦那のことを〈髪結いの亭主〉って言ったんですよ。

奥さんの稼ぎで自分はちっとも働かないで暮らしている旦那。

わかりますよね。

今で言うところの〈ヒモ〉ですね。

そう、〈髪結いの亭主〉ってヒモなんです。

サイテーの男です。

まぁそれで当事者である二人が揃って「幸せだ」って言っているんなら、それはそれでいいのかもしれないですけれども！

あれどうして奥さんの稼ぎで暮らしている男を〈ヒモ〉って言うんでしょう。

それは調べたこともないですけど、やっぱり〈紐〉が関係しているんでしょうね。そういえば理美容学校の先生が、日本には〈紐〉の文化があるって言っていました。なんかその辺の関係でしょうか。今度時間があるときに調べてみます。

そう、わたしが働き始めた理髪店〈バーバーひしおか〉の旦那さんが、そうなんです。

〈髪結いの亭主〉なんです。

皆にこっそり、こっそりっていうかまぁ半分ギャグだと思うんですけど言われていたんですよ。自分で言っていたこともありました。

それでわたしもそれは何のことだろうって思ってググったらそういう意味で、なるほど、って。

いえ納得していいては奥さんのミミ子さんに何だか申し訳ないんですけど。

旦那さんは〈朱雀《すざく》凌《りょう》次郎《じろう》〉っていう何だかとっても立派そうな名前の人です。朱雀、なんて名字の人に初めてわたしは会いました。京都かどこかの出身じゃないかっていう感じの雅《みやび》な名前ですけど、出身は東京だよって旦那さんは言っていました。あ、奥さんのミミ子さんは地元の人です。ここ、〈花咲《はなさき》小路《こうじ》商店街〉で生まれて育ったそうです。

〈バーバーひしおか〉は元々はミミ子さんのお父さん、菱岡久造《ひしおかきゅうぞう》さんが六十年前にここに開いた理髪店です。だから、名前が〈バーバーひしおか〉なんです。

ミミ子さんは旦那さんと結婚して朱雀ミミ子になりましたけど、お店の名前はそのままにしてお父さん亡き後もずっとミミ子さんがお店を切り盛りしてきたんです。そういえばお二人の馴れ初《そ》めなんかはまだ聞いていません。

そう、本来の〈バーバーひしおか〉の経営者であるはずの旦那さんは、理髪店の店主なのに普段は何もしていません。他に仕事を持っているわけじゃないんです。そしてそもそも旦那さんは理容師の免許も持っていません。

お店の入口脇、大きなウィンドウのところに置いてあるお客さん用の古い焦げ茶色の革張りのソファに座って、日がな一日新聞を読んだり本を読んだり、お客さんとお喋りしたりして過ごしています。

たまにするお仕事は床に散った髪の毛を箒《ほうき》で掃いて集めること。

それだってわたしがここに来てからはわたしがやっているので、もうほとんどしていません。

じゃあお店の奥と二階にある自宅の方で家事を一手に引き受ける主夫なのか、というとそうでもないです。

毎日の掃除洗濯は全部奥さんのミミ子さんが普通にしているし、住み込みとして働いているわたしだってもちろんそういう家事のお手伝いをしています。

あ、でも、お昼ご飯だけは旦那さんが毎日美味しいパスタを作ってくれるんです。

これが本当にソースとかも凝っていてものすごく美味しいんです！　お世辞抜きで信じられないぐらいに美味しくて、そのままパスタのお店をやったら大成功するんじゃないかってぐらい。

〈花咲小路商店街〉には食べ物のお店もけっこうあるので全部回ってみたんですけど、そのどこにも引けを取らないぐらい美味しいんです。同じ一丁目にあるカレーのお店の〈バークレー〉のご主人なんか、ソースの作り方を旦那さんに訊きに来るぐらいなんですよ。

なので、料理の腕はかなりのものだと思うんですけど、お昼ご飯しか作りません。しかもパスタだけ。

どうして毎日パスタなのかって訊いたら、旦那さんはとにかく〈イタリア〉が大好きな人なんだそうです。だからパスタも大好きで、一日三食パスタでも全然平気な人なんだとか。若い頃にイタリアに行っていたこともあるそうです。

それで毎日開店のときには、お店に置いてある古いステレオで〈サンタ・ルチア〉っていうイタリアの曲をかけるのかって納得しました。「人生の中の一日のオープニングナンバーなんだよ」って旦那さんは笑っていました。毎日聞いているのでわたしも歌えるようになってしまったんですけど。

何をしているのかまったくわからない旦那さん。

本当に、お店の仕事は何にもしていないんですよ。

理髪店の店主だからなのか、まぁ単に好きだからだと思うんですけれど、立派なカイゼル髭《ひげ》を生やしている旦那さん。丸顔にきちんとグリスで撫《な》で付けた黒々とした髪なので、マンガのキャラクターにしたらとっても描きやすいんじゃないかと思います。

小太りでいつも緑色のサスペンダーに白いシャツに派手な色のズボンを穿いていて、そういう服装がとってもオシャレなのは認めるし、愛想もいいしお話もすっごく上手なので、旦那さんとお喋りするためだけにお店にやってくる人も多いんですよこれが。

おかげで〈バーバーひしおか〉はお客さんが途切れるってことがないんです。

いつも誰かしらがお店にやってきて旦那さんとお話ししています。髪を切らなくても男性だったらついでに髭を当たってくれや、ってことになるし、女性だってちょっと髪を整えて産毛《うぶげ》も剃ってもらおうかしら、ってことになるんですよね。まぁ旦那さんの話し上手聞き上手だけじゃなくて、ミミ子さんの魅力と腕ももちろんあるんですけど。

〈バーバーひしおか〉は繁盛しているんです。

〈花咲小路商店街〉に住んでいる人たちのほとんどは、大人も子供もここに髪を切りに来ているんじゃないかっていうぐらいです。

だから、ひょっとしたら旦那さんは営業マンとしてはすっごく優秀なのかもしれないけど、仕事は奥さんしかしていません。

そして、実は、ひょっとしたら旦那さん、浮気をしているんじゃないかってわたしは疑っているんです。

たまたまなんです。

〈バーバーひしおか〉は第一と第三月曜日は定休日です。どうしても、ってお客さんから電話があれば受付けますけど基本的にはお休みです。

この間の定休日。

久しぶりに東京の実家に行ってお母さんと会ってあれこれ話をして帰ってくる途中。池袋《いけぶくろ》の駅の近くで見てしまったんです。

旦那さんと、とんでもなく美人の女性が一緒にいるところを。そして、二人で黒塗りの立派な車に乗りこんでどこかへ行ってしまうところを。

ひょっとしたら、密会の現場。

奥さんには言えなくて黙っています。
確かめようかどうしようか、悩んでいます。

一　ヴィネグレットって？　何ですか？

梅雨もすっかり明けて、朝からきれいに晴れた七月の午後。

これは暑くなるかな、と思いきや意外と爽やかな風が渡っていく日になって、扉が開く度《たび》に気持ちよい風が入ってきます。

お店の大きなウィンドウからはいい陽射しが入ってきて、周りがはっきりくっきり見えて顔を剃るテンポも良くなるってもんです。

「じゃあ、せいらちゃんは本当に偶然にここを見つけたのね」

「そうなんです！」

偶然も偶然なんです。

「あの三体の石像のことはまだ学生のときにニュースで聞いていたんですけど、それがこの〈花咲小路商店街〉だってことも全然まったく知りませんでした」

この町には都内からは電車一本で来られるけれど、知り合いも友達もいないし、もちろん親戚とかもいません。そして商店街にひとつだけある理髪店の〈バーバーひしおか〉は、ネットにサイトやFacebookがあるわけでもなかったんです。

「電車で隣に座ったサラリーマンっぽい人が、一緒に乗っていた部下みたいな人に話していたんです。この町で〈バーバーひしおか〉っていう古くていい感じの理髪店を見つけて髪を切ってきたんだって！」

わたしは、本当に本当に小さい頃から理容師になって〈理髪店〉で働きたかったんです。それも古き良き香りが漂う昔ながらの〈理髪店〉で。

タルカムパウダーの匂いや髭剃りのシャボンの香り、カミソリを研《と》ぐ音に四角い大きな鏡。床は重々しい木でできていて、表玄関には赤と白と青のサインポールが回っていて、ガラス戸に金文字でお店の名前が書いてあるような〈理髪店〉。

それは、ずっとずっとわたしを見守ってくれていた、おじいちゃんのお店と同じ匂いのするお店。

そのために理美容の専門学校を出て理容師の資格を得て、そしてとあるチェーンのカットのお店で働いてはいたんですけど。

「それで探したんです。何か、ピンと来て」

「飛び込んできたのよ。文字通り」

隣で奥さんのミミ子さんが微笑んで言いました。

「扉を開けて、びゅん！　ってねぇ。ここで理容師募集していませんか！　って。大っきくて細っこくてどこのモデルさんがやってきたのかって思ったわ」

「いやそんな」

背が高くて細いのは確かにそうなんですけどモデルなんてものじゃあ。

眼を閉じて気持ち良さそうにしていた〈魚亭《うおてい》〉の奥さん、太田《おおた》の怜子《れいこ》さんが眼を開けました。

「本当に背が高くてスタイルがいいわよねせいらちゃん。でも、ちょっと大変そうよねこうやって顔を剃ったりするのには」

「そうなんですよね。そこだけはちょっと」

「いえ、全然大丈夫ですよ」

「デコボココンビだよねぇ」

革張りのソファに座って新聞を読んでいた旦那さんが笑いながら言いました。

「ミミ子は背が低くて踏み台を使っているし、せいらちゃんはかがみこむのが大変そうだし」

「そこは心配なのよね。何か考えてあげなきゃって思っているんだけど」

「足元に穴を開けるわけにはいかないわよねぇ」

怜子さんが言いますけどそれはさすがにムリです。

ここの椅子はものすごくクラシカルな理容専用の椅子。これはあまり知られていませんけど、そういうのはものすっごく重いんです。男の人二人がかりでやっと持ち上げられるような重さの椅子なので、足元の床はしっかりしていなきゃダメなんです。

だから、お客さんは気づいていないと思いますけど、昔ながらの理髪店って本当に床の造りがしっかりしているんですよ。安っぽい造りにしちゃうと、椅子がだんだん傾いてきちゃったりして大変なことになるから。

ちっちゃくて可愛い奥さん、ミミ子さん。わたしとは身長差が三十センチ以上あるんです。

「でも、よかったわよねミミ子さん。跡継ぎってわけじゃないけど、お店を任せられる若い子が入ってくれて」

「本当に。こうやって女性の顔剃りも任せられるし。私より上手なのよせいらちゃん」

「いやいや」

褒められると照れます。でも、顔剃りにはちょっと自信があるんですよ。カットよりも。いやカットにも自信はありますけど。

「今はあれなんだよね。女性の顔剃りはちょっとした人気なんだよねぇ」

旦那さんが髭をいじりながら言いました。

「そうなんですよ！」

昔から女性の産毛剃りはあったけれど、今は女性のシェービングは本当にエステ感覚になっていますから。

「産毛を剃るだけじゃなくて、その前段階のクレンジングからパックやマッサージまで、本当に顔のお肌が文字通り一皮剝けて生まれ変わるんですよ！」

きれいになる。それはもう学校でもしっかり習ってきたし、わたしたちは化粧品会社の美容部員からも研修を受けてきたし。

「本当に気持ちいいわよ。凌次郎さんもあれよ。その髭を剃ってもらったら？」

「何を言うんだい怜子さん！　僕のこの髭は毎日しっかり手入れしてるんだよ？」

皆で笑ってしまいました。旦那さんが朝の洗顔のときに、洗面所の鏡の前でそのカイゼル髭をきちんと手入れしているのは、近所の人なら皆知っているんです。

「せいらちゃんいくつだっけ？」

「二十一歳ですよ！　もうすぐ二十二ですけど」

「ミミ子さん、桔平《きっぺい》くんっていくつだっけ？　もう三十近くじゃなかったっけ？」

「今年で二十八。でも駄目よ怜子さん。あんな放蕩《ほうとう》息子をせいらちゃんみたいな良い子に押し付けられないわよ」

「いえいえそれは」

もちろん単なるネタ話なので笑って流します。

本当なら〈バーバーひしおか〉の跡継ぎともいえる、旦那さんと奥さんの一人息子である桔平さん。

わたしはまだ会ったことがなくて写真でしか顔を知りません。旦那さんと奥さんが言うには、今はたぶんフランス辺りにいるんじゃないかって。ひょっとしたらドイツかも。

何でも、高校の頃から留学してそのまま海外暮らしをするようになって、今もそのままあちこちの国を放浪して歩いているんだとか。かれこれ十年以上もまともに家に帰ってきていないそうです。いえ、パスポートの更新とかで日本に戻ってはきてるらしいんですけど、戻ってきても電話が一本入るぐらいで、またすぐにとんぼ返りで海外に行ってしまうとか。もちろん、向こうで仕事をしているのでそれはしょうがないと思うんですけど。

仕事は、理容師ではなくて革職人だそうです。革を使っていろんな製品を作ったり修理したりしているんです。

革を使っているものなら小物から鞄とか靴とか何でも作って修理できて、ネットで販売もしているけど、自分で作っているサイトは英語とフランス語とイタリア語とドイツ語と日本語と五カ国語も対応していて本当にびっくりりです。かなり腕の良い職人さんで世界中にその革製品のファンがいてちゃんと生活していける。

〈花咲小路商店街〉には革製品のお店があって、〈白銀《しろがね》皮革店〉というんですけど、そこにも桔平さんの作った品物が置いてあります。

「でも桔平くん、可愛い子なのよねー。商店街で育った男の子の中ではもうピカイチで可愛い男の子だったのよ」

「あぁ、それはわかります」

小さい頃の桔平さんの写真は見せてもらいましたけど、ほんっとうに、マジで可愛らしい男の子でした。カッコいいイケメンの男性なら〈花の店にらやま〉の柾《まさき》さんと柊《ひいらぎ》さんとかいるんですけど、女の子みたいに可愛らしいのはダントツで桔平さんでした。あくまでもわたしは写真で見ただけですけど。

「ミミ子さんに似たんですよねー」

「そうなの。何せね、せいらちゃん」

「はい」

「ここの商店街の男どもはね、もうほとんどがね、まだ独身の頃のミミ子さんに髪を切ってもらいたくて通い詰めていたのよ。毎日髭を剃ってもらいに来ていたのもいたぐらいよ」

怜子さんがそう言いますけど、それはもうたくさんの人に聞かされていましたけど、本当にわかる気がするんです。

ミミ子さんは五十六歳になった今でも本当に可愛らしい奥さんなんです。しかも、昔風に言うとトランジスタグラマーなんです。背がとても小さいのにバストが豊かな女性をそう呼んでいたそうですね。だから、若い頃のミミ子さんに髪を切ってもらいに皆がやってきていたっていうのは本当に頷ける話で。

で、そのモテモテだった奥さんのミミ子さんが、どうしてそんなに見た目はいい男でもない、いえ優しそうで楽しそうな雰囲気を持った男性ではあるんですけど、旦那さんと一緒になったんでしょうね。いつか聞いてみようと思っているんですけど。

「あ、怜子さん喋らないでくださいねー。ここ剃って終わりですからー」

怜子さんが口を閉じてもごもごして小さく頷きます。

顔剃りは何十回やっても、そしてこうやって楽しくお喋りしながらできるとはいっても、やっぱり緊張はします。緊張というか、気を張りますね。

丁寧に丁寧に、カミソリを通じて指に伝わる肌の様子をしっかりと感じながら剃っていきます。

何といっても、女性の顔に刃物を当てているんです。ほんの少しの傷でもつけてはいけません。肌荒れがあったらたとえ傷がつかなくてもそこからさらにひどい肌荒れになることだってあります。細心の注意が必要なんです。

でも、楽しくお話ししながらやることも重要なんです。

お客さんがリラックスして楽しいと感じてくれなきゃ、それが肌の様子にもかかわってくるんですから。

そうなんですよ。

人の感情は、肌にしっかり表れていくんですよ。もちろん、髪の毛にも。

感情ってつまりは体調に直結していきますよね。だから、髪の毛とか肌にそういうものが出てくるんです。それを考えると大昔、刃物を扱う理容師が外科医を兼任していて、それがあの赤と白と青がくるくる回るサインポールにも示されているっていう話は、まぁ本当のところはわからないらしいんですけど、すっごく納得できることだと思うんですよ。

「はい、シェービングは終わりましたー。後はパックしますからちょっと待っててくださいねー」

保湿効果を高めるためのクリームを塗ってパックをして、そしてお顔のマッサージや肩凝りを治すためのマッサージなんかも全部やっちゃいます。もちろん、専門の勉強をわたしたちはしています。

「あぁ、すっきり」

本当に気持ちよいですよね。わたしも学校にいた頃には生徒同士でシェービングやマッサージをやりあったんですけど、すっきりするんですよ。

どんどん女性も理髪店に来て、シェービングしてほしい。

「ねぇ凌次郎さん」

「はいな」

怜子さんがちょっと頭を傾けて、ソファに座る旦那さんに言います。

「うちの宿六《やどろく》って最近来たかしら」

「嘉樹《よしき》さんかい？　確か一昨日ぐらいに髭剃りに来てたんじゃないかなぁ」

かなぁ、って言って旦那さんはわたしを見ました。

「来てましたよ。髪の毛も刈っていきました」

宿六、とは、自分のご亭主のことをからかって言う言葉だそうです。ここに住み始めてからわたしはいろいろ古い言葉をたくさん覚えました。やっぱりこういう昔ながらの理髪店にやってくるのはお年寄りが多いので、自然とそういう言葉に接するので覚えてしまいます。

怜子さんのご主人、嘉樹さんはもちろん〈魚亭〉のご主人です。

小料理居酒屋をもう四十年ぐらい商店街でやっているそうですから、商店会でも古株のお一人だそうです。

「パチンコに行くからって言ってました」

「いつものことだねぇ嘉樹さんは」

旦那さんは笑って言います。怜子さんも苦笑いしていました。〈花咲小路商店街〉ではなくてその反対側の通りにある〈パチンコダッシュ〉ですね。大きなチェーンのお店ではなくて、そこもかなり昔からある個人経営のパチンコ屋さんだそうです。そこ一軒しかお店はなくて、わたしは入ったこともやったこともないですけど。

「パチンコ行く前の日にはよく髭を剃るものね、嘉樹さん」

そうらしいです。

「〈験担《げんかつ》ぎ〉ってやつですね」

「そうそう」

その言葉もここに来て覚えました。

「パチンコが唯一の趣味だって言ってました」

怜子さん、苦笑《くしょう》いしました。

「もっとねぇ、高尚な趣味でもあればいいんだけど」

「あら、趣味なんかそれこそ人それぞれじゃない。入り浸ってお金を使い過ぎてるなら問題あるけれど、そうじゃないでしょう？」

「そうなんだけどね」

〈魚亭〉さんの営業時間はランチタイムと夜だけです。この辺はそんなに夜遅くまでやっている店はないんですよね。小料理居酒屋である〈魚亭〉さんも、大体夜の十一時か十二時ぐらいまでには閉めちゃうそうです。嘉樹さんは定休日の午前中からパチンコに行ってずっと帰ってこないとか。営業している日でも、ちょっと余裕のあるときには開店からちょっと打ちに行って、お昼前に帰ってくるなんて日もあるそうです。

「いえね、パチンコが悪いって言うんじゃないのよ。あれでそんなにお金を注ぎ込んでいるわけじゃないし、他に博打《ばくち》とかをやるわけじゃないし」

「そうだよね」

旦那さんは頷きます。

「嘉樹さんはガラは悪いけど真面目だよねぇ」

「そうよね。商店会の会合を一度も休んだことないし、町内会の清掃日だって率先してゴミを集めているものね」

ミミ子さんが頷きながら言いました。〈花咲小路商店街〉はもちろん〈商店会〉というものがあって、独自に商店街の清掃とかやっていますけれど〈町内会〉はまた別なんですよね。この辺には個人宅やアパートも多いし、町内会としての活動もけっこうあるみたいです。

わたしはまだ嘉樹さんとは三回しか会ったことありませんけど、確かにちょっと口調は乱暴だったりするけど、セクハラみたいな変なことは言わないし優しいし、とても親しみやすいおじさんって感じです。

「パチンコの常連仲間さんがお店に来てくれることも多いしね。けっこうそういう稼ぎは馬鹿にならないし」

「そうね。よく言っているものね」

ミミ子さんが頷きます。

そうなんですね。飲食店で飲み屋さんですから、そういう繋がりでお客さんが増えることもあるんでしょうね。あれですよね。パチンコをやって、儲かったりするって聞きますよね。それでじゃあ今夜は〈魚亭〉で一杯、なんて流れもあったりするんでしょうね。

「何か、あれかい？」

旦那さんがのっそりと、凭《もた》れていたソファの背から身体を起こしました。カイゼル髭をいじりながら言います。

「パチンコ絡みで嫌なことでもあったのかい？」

訊くと、怜子さんはうーん、って首を少し傾げました。ミミ子さんが冷たいお茶を持ってきました。

「あら、ごめんねミミ子ちゃんいただくわね」

「どうぞどうぞ」

「嫌なことってわけでもないんだけどねぇ。何だか不審というか、不思議というか、怪しいというか」

「不審で不思議で怪しいんですか？」

何でしょうかそれは。

「まさか浮気とかじゃないだろうねぇ」

旦那さんは少し笑いながら言います。

「あの嘉樹さんに限ってそんなことはないと思うけど」

「そりゃそうよ凌次郎さん。もう還暦過ぎたあんな居酒屋のジジイの相手をする女がいるはずないじゃないの」

怜子さん、それはまぁ言い過ぎかなと思いますけど。

「でもね、あの人ね。こないだ変なペンダントを持って帰ってきていたのよ」

「変なペンダント？」

「ペンダント？」

「ペンダントですか？」

旦那さんとミミ子さんと三人で声を揃えてしまいました。

「そうなの。変っていうか、きれいなんだけどね。そういうのを何か隠して持って帰ってきたのよあの人」

「パチンコの帰りにってことかい？」

旦那さんが訊くと、怜子さん頷きました。

「それは、つまり女性のものってこと？」

ミミ子さんが訊くと、うーん、って怜子さん首を捻《ひね》りました。

「たぶん女性のものだとは思うんだけど、でも今は男の人だってペンダントぐらいするしね。はっきり女性用とは言えない感じなんだけど」

それはそうです。男の人だってペンダントはします。男性の場合は、今はあんまりペンダントって言い方はしないかな。どっちかっていうとネックレスですかね。もしくはチョーカーとか。

「似合わないわね、確かに嘉樹さんには」

「でしょう？」

嘉樹さんは、いかにも小料理居酒屋のご主人！　って感じです。江戸っ子みたいな口調で喋るし、頭もほぼ坊主頭です。先日初めて旦那さんとミミ子さんと三人でお酒を飲みに行きましたけど、お店では作務衣《さむえ》みたいな服を着て、はちまきをして、板前さんっぽい感じです。

確かに、きれいなペンダントはあんまり似合わない感じですけど。

「でもパチンコって、あの、玉がたくさん出ると景品貰えるんですよね？」

わたしはやったことないんでわからないんですけど。

旦那さんは大きく頷きました。

「貰えるね。貰えるというか、その玉と交換だね」

「いろんな交換できるものがあるって何かで見ましたけど、その中にアクセサリーとかっていうのもあるんじゃないですか？」

そう言うと、旦那さんもミミ子さんも怜子さんも何だか微笑むような困ったような何とも言い様のない顔をします。

「あるかもしれないわね。お菓子とか食品とかもたくさんあるみたいだし」

ミミ子さんが言います。

「ファッションのね、ブランド品なんかを置いてあるところもあるみたいだしね」

旦那さんです。

「あそこの〈パチンコダッシュ〉さんは、お菓子とか食べ物の類いは下手なコンビニより品揃えがいいって話だよね」

怜子さんです。

「じゃあ、そのご主人が隠していたペンダントっていうのも、その交換できる景品じゃあないんでしょうかね？」

あ、違うんですねきっと。怜子さんの表情が物語っています。

「そういうものじゃないわねきっと。そもそも仮に景品だとしても、そのペンダントをどうしようっていうのかしらねうちの人は。自分でつけるわけでもないだろうし」

確かに、そんな雰囲気ではないですけど。いや、むしろ嘉樹さんが派手なペンダントをすると一気にあぶない関係の男の人に見えてしまう可能性の方が。

旦那さんが何か考えるように髭をいじっています。たぶん、これ旦那さんの癖なんですよね。何か真剣に物事を考えるようなときには、いつも立派なカイゼル髭をいじっている気がします。

「そのペンダントって、どんなものだったか、怜子さんははっきり見た？」

「はっきりってわけじゃないけど。どんな形だったかなぁ」

怜子さんが人差し指と親指で三センチぐらいの幅を作りました。

「小さいのよ。縦は二センチか三センチぐらいで、横もおんなじようだけど、ちょっとだけ長四角っぽい形で」

「色は？」

「銀色ね。表面にはものすごく細かい細工があったようにも思うけど」

「もちろん、鎖はついていたんだね？」

怜子さん、頷きます。なるほど、って旦那さんも頷きました。

「実物はあるのかな？」

「もちろん、家に置いてあるはずよ。自分のタンスの引き出しのところにしまったのを見たからね」

ふむ、ってまた頷きながら旦那さん、壁の時計を見ました。

「四時か。今は嘉樹さんは夜の仕込み中かな？」

「まだ買い物に出てるかもね。帰ってくるのは四時半ぐらいじゃないかな。ひょっとしたらちょっとサボってまたパチンコに行ってるかも」

「じゃあ、今は無理としても、ちょっとそれを見てみようかなぁ」

見てみる？

怜子さんが眼をちょっと大きくさせました。

「凌次郎さんが？　見るの？」

「そう。そのペンダントを。見られるよね？」

そりゃあ、って怜子さんが言いながらミミ子さんを見ました。ミミ子さん、ちょっと微笑んでから頷きました。

「でも旦那さんって、パチンコしませんよね」

「しないねぇ。僕はそういうの全然ダメだからなぁ。パチンコ、マージャン、競馬《けいば》競輪《けいりん》。そういうのは若い頃にちょっとやってみただけで、ほとんどしたことないよ」

「〈パチンコダッシュ〉さんにも行ったことないんですよね」

ないね、って旦那さん頷きます。

「じゃあ、見てもそれが景品のペンダントかどうかもわかんないんじゃあ」

うん、って頷きました。

「景品じゃあないことは確かだと思うね」

それじゃあどうしてそれを見たいなんて言うんでしょうか。

二　ヴィネグレットってそういうものだったんですね

パチッ、と眼が開くんですよね。

起きられるんです。実に見事にスパッ！　と。

小さい頃からずっとそうなんですけど、毎日本当にパチッと眼が覚めるんですわたし。まだ両親と一緒に寝ていた頃に、わたしがそうやって目覚めるところを目撃した母がちょっとびっくりしたそうです。もぞもぞするとかそういう前触れも何もなく急に眼を開けるんで。

どんなに寝足りなくても具合悪くても、起きるって決めた時間になるとパッチリ眼が覚める。しかも目覚ましが鳴る前に。これって、超能力に近いぐらいの特技だと思うんですよね。もっとも寝不足だとその後に二度寝しちゃうこともあるんで、あんまり役に立たない超能力だと思うんですけど。

社会人になっても、そしてその日がせっかくの休みでも、朝起きるって決めた時間に起きられるんですよ。

「よし」

今日は第三月曜日で〈バーバーひしおか〉は定休日。どうしても髪を切ってもらいたいっていう予約も入っていません。

本当のお休み。

「おはようございます！」

「おはよう」

「おはようさん」

朝の八時に起きたのに、もうミミ子さんと旦那さんはしっかり着替えて台所のテーブルについて朝ご飯を食べています。わたしの分の目玉焼きとサラダとヨーグルトとバナナも準備してあります。コーヒーも淹れてあるし、あとは自分好みのトーストを自分で焼くだけ。

そういういつもの朝だと思ったら、びっくりしました。

若い男の人がいたんです。

わたしを見て、ニコニコしています。髪の毛がさらりと長くてとってもフェミニンな感じで可愛らしい顔をした男の人。

「あ！」

思わず指差しそうになるのを堪えました。男の人はこっくり頷きます。

「おはよう、せいらちゃん」

「桔平さんですか?!」

「はい。一人息子の桔平です。よろしくね」

帰国されたんですね。いつの間に。

「びっくりしたでしょう。ごめんなさいねいつも突然に帰ってくるのよ」

ミミ子さんが言います。びっくりしましたけど、息子さんなんですからいつ帰ってこようとそれはいいと思いますけど。

わたし、ほとんどっていうか、完璧にスッピンです。

住み込みで働き出してもう半年。もうすっかりミミ子さんと旦那さんとの三人暮らしにも慣れてしまって、いつもそんな感じなんですけど。恥ずかしいですけど騒ぐのもなんですし。

「本当に、今帰ってきたばっかりなんだよ」

旦那さんも呆れたように言います。

「もうせいらちゃんが起きてくるっていうから、待ってたの。一緒に朝ご飯食べましょう」

「あ、はい」

それはもちろんいいんですけど、いいんですけど桔平さん、口調のニュアンスが。

ちょっと、オネエが入っているように思うんですけど。

ひょっとしてゲイの方なんでしょうか。その辺は旦那さんからもミミ子さんからも何も聞いていませんけど。

「はい、どうぞ」

「ありがとうございます」

桔平さんがわざわざわたしの分のトーストも一緒に焼いてくれました。わたしがやりますって言ったのに、いいからいいからって。旦那さんとミミ子さんはもう朝ご飯を終えて、洗面所で歯を磨いたり朝の身支度をしたりしています。

桔平さん、動きもなんだかとってもおしとやかです。可愛らしい顔とぴったりマッチしているので特に変には思わないんですけど。

「いやー、楽しみにしてたんだせいらちゃんに会えるの。いっつも母さん自慢するのよ。可愛くて元気で本当の娘みたいで、せいらちゃんとの毎日が楽しいんだって」

「え、お手紙とか、ですか」

「いやぁネットでよ」

ネットで。そんなのミミ子さんやっていたんですね。そんなふうに言ってくれて嬉しいですけど、もう住み込み始めて半年も経つのに全然知りませんでしたけど、そういえばミミ子さんもスマホ持ってるし、ここには Wi-Fi もありますもんね。

「あの桔平さん、ひょっとして帰国されてお家に戻ってこられるとか」

「あぁ」

にっこり微笑みます。本当に桔平さん、カワイイです。女の子みたいです。今年で二十八歳の男性のはずなのにわたしより女の子っぽいです。

「部屋の心配なら無用よ。二階のボクの部屋は余ってるでしょ？　それに、寝泊まりするところは他にもいっぱいあるから」

他にもいっぱい？

「それより、よくこの古い家に住み込みで働こうなんて思ったよねぇせいらちゃん。どうして？」

「あ、それはですね」

そもそもがわたしは押しかけてきたわけで。

「人を雇う予定なんてなかったんです。〈バーバーひしおか〉には」

そうだね、って桔平さん頷きました。

「でも、わたしがそうやって飛び込んできたのを無下に断るわけにもいかないって、旦那さんと奥さんが仰《おっしゃ》ってくれて。それで最初は見習いってことで、お給料はその間ちょっと安いけど、なんだったらここで暮らしたらって奥さんが」

「あぁん、そういうことか」

そういうことなんです。ここに住むならお家賃もいらないし三度三度のご飯も食べさせてくれる。その代わりに店の仕事の他に家事もミミ子さんを手伝うってことで。それなら見習いの分、お給料が安くても大丈夫じゃないかって。

「えーじゃあさ、父さん！」

ちょうど台所とガラス戸一枚隔《へだ》てた居間に戻ってきた旦那さんに、桔平さんが声を掛けました。

「なんだい」

「せいらちゃんはまだ見習いなの？　商店街の皆の話じゃあ若いのに良い腕しているし愛想もいいしいい人雇ったって評判なのに」

「いいや？　もう見習いじゃなくて、ちゃんと正社員で雇っているよ」

「あ、そうなの」

そうなんです。もうちゃんとお給料全額貰っています。それにしても桔平さん、帰ってきたばかりなのに、商店街の皆さんにそういう話をもう聞いて回ってきたんでしょうか。いつ帰国したんですかね。

「でも、ここに住んでるのね」

「はい。できればもう、ずっといたいぐらいです。まるで自分の家みたいに落ち着くんです」

自分の家というか、おじいちゃんのお店みたいに。

「それで？」

旦那さんが、また台所に来ました。

「お前は今回はいつまでいるんだい。突然帰ってきて」

「うん」

本当に何も言わないで突然帰ってきたんですね。そうですよね、予定があったんなら旦那さんもミミ子さんもわたしに教えてくれますよね。

「しばらくはいるかなぁ。ちょっといろいろやりたいことがあるんだ」

「商売で？」

「もちろん商売で。克己《かつみ》ともいろいろ話しているし」

〈白銀皮革店〉の克己さんですね。〈花咲小路商店会〉の若き会長さんでもあるんです。旦那さんが、そうか、って頷きました。

「じゃあ、せいらちゃん」

「はい」

「しばらくこいつが出たり入ったり、家に泊まったりいなくなったりして騒がしくなるけど、よろしくね」

もちろんです。

「それで、旦那さん」

「うん」

「今日、〈魚亭〉の怜子さん。例のペンダントを持ってくるんですよね？」

旦那さんが頷きました。

「わたしも一緒に見ていいですか？」

「いいけど、興味あるの？」

ありまくりです。

どうして〈髪結いの亭主〉である旦那さんがいきなりそのペンダントを見たいなんて言い出したのか。何をしようとしているのか。不思議です。

「何の話？」

桔平さんが訊くので、昨日怜子さんから聞いたご主人の嘉樹さんのペンダントの話をしてあげました。桔平さん、なるほど、って頷きます。

「ひょっとして父さん」

「なんだい」

「趣味のことは、せいらちゃんに話してないの？」

趣味。旦那さんのですか？

旦那さんが微笑んでゆっくり頷きました。

「今まで話す機会はなかったたねぇ」

「え、何でしょうか。趣味って」

桔平さん、にっこり微笑みました。

「怜子さんがペンダントを持ってくるのは何時頃？」

「お昼過ぎです。お昼ご飯を食べて、嘉樹さんが仕込みの買い物に出かけてからこっそり持ってくるって」

「じゃあ、せいらちゃん。それまでに戻ってくるからデートしようよ」

「デートですか？」

そう、って頷きます。

「ちょうど顔を出してこようと思っていたんだ。教えてあげる。父さんの趣味のことを」

顔を出す？

「あの、どこへですか？」

「東京」

東京ですか。

☆

「ひょっとして、ここは」

指差してしまった表札には〈朱雀〉ってあります。その表札も何だかものすごく風格あるんです。

「父さんの実家ね。〈朱雀家〉」

「朱雀家」

代官山《だいかんやま》です。坂を上って行く途中の何だかすごい黒い塀に囲まれた日本家屋の一軒家です。塀に囲まれていて中が見えないんですけど、お庭に緑がいっぱいあるように見えるのでたぶんちょっとした邸宅です。

「つまり、桔平さんのおじいちゃんおばあちゃんの家でしょうか」

「そういうこと。あ、こっちね。めんどくさいから勝手口から入るから」

勝手口。これ、勝手口だったんですね！　真剣にここが表の玄関だと思ってました。

「もうおじいちゃんは死んじゃったけどね。おばあちゃんはまだいるよ」

「そうなんですね」

「そして今の当主は、父さんのお兄さんの凌一郎《りょういちろう》伯父さんね」

当主って！

「そもそも朱雀家は、平安《へいあん》時代に成立したという天皇の家政機関《かせいきかん》のひとつである〈画所《えどころ》〉、それは宮廷の絵画や諸々《もろもろ》のデザインを担当するものなのですが、そこに勤めた〈筆頭画師《ひっとうえし》〉でした」

びっくりです。中に入ったらわたしと桔平さんを出迎えてお茶を出してくれてすらすらと説明してくれたのは、あの人でした。

池袋で旦那さんと一緒に車に乗り込んでいった美女。

諸岡《もろおか》トモエさんという朱雀家の秘書なんだそうです。どうして家に秘書がいるのかわかりませんけど、とりあえず密会とか浮気とかそういうんじゃなかったんですね。ホッとしました。

「もちろん今は、普通の、市井《しせい》の人間ではありますけどね」

「はぁ」

「それでもやはり血筋なのでしょうか。革職人になられた桔平さんもそうですが、代々美術芸術関係に才を発揮する家系らしく、芸術家や、その研究者をたくさん輩出しているんですよ」

にっこり笑ってトモエさんが言います。

「じゃあ、あの、旦那さん、凌次郎さんのお兄さんも」

「凌一郎さんは、今は国の機関であり独立行政法人である国立美術芸術館機構の企画局長です。つまり、国立や国が関わる美術館博物館全てを束ねるところの執行役員ですね」

そんな凄そうなお仕事を。

「それじゃあ、旦那さんは」

どうして髪結いの亭主なんかを。

「父さんはね、なんかそういう家に伝わる権威みたいなのを嫌がって飛び出した放蕩息子なんだよ」

桔平さんが言いましたけど、トモエさんがぶるんぶるんと首を横に振ります。

「せいらさん。確かに凌次郎さんは若い頃に家を出ていかれましたけど、その才能はおそらく朱雀家の歴史でも最高峰ではないかと言われているんですよ」

最高峰って。

「え、何の才能がですか？」

「鑑定士《かんていし》です」

「鑑定士？」

繰り返したら、トモエさんがゆっくりと頷きました。

「西洋美術における凌次郎さんの鑑定士としての高い能力は、世界中の美術界で認められています。若い頃にはあのフランスのルーヴル美術館で働いていたこともあるんですよ」

ルーヴル美術館！

びっくりです。今までの人生でベスト3に入るぐらいの驚きです。

「え、それじゃあ旦那さんは今も」

トモエさんがこっくりと頷きます。

「私がこっそりと鑑定を依頼することも多くあります。鑑定料をお支払いする場合もありますし、受け取らない場合もありますけれど」

「だから、趣味なんだよ」

桔平さんが言いました。

「父さんはね、自分のそのミューズに捧げた才能を飯の種にしたくなくて、趣味にしてしまった人なんだよ」

ミューズって、何でしょうか。

☆

「なんかね、そういうのにとっても良く勘が働くんだよねぇ」

「カンですか」

うん、って旦那さんが頷くので思わず一緒に頷いちゃったんですけど、そういうのに、ってつまり美術品には、ってことでしょう。

桔平さんは、代官山のオシャレなレストランでランチをご馳走してくれて、そしてちょっと他に用事があるからってどこかに行ってしまって。わたしが一人でお店に戻っていったら、ちょうど〈魚亭〉の怜子さんがこっちに向かってくるところでした。

なので、店で待っていた旦那さんとミミ子さんに、桔平さんに聞いた鑑定士の話をすると、怜子さんも初めて知ったらしくて眼を丸くしていました。もう何十年もご近所さんをやってるのにそんなこと全然知らなかったって。

そして、怜子さんがいつも持っている着物地の巾着《きんちゃく》袋を開けて中からあのペンダントを取り出すと、旦那さんはそれを手に取って言うんです。

「今回もね、ペンダントって言われた途端に何かピンと来ちゃってねぇ。そうじゃないかって思っていたんだけど」

うっとりとした表情で旦那さんが言います。わたしと怜子さんは何のことやらさっぱりわからなくて、一緒に首を捻ってしまいました。何もかもわかっているんでしょうミミ子さんは微笑んでソファに座っていました。

「つまり、これはただのペンダントではないってこと?」

怜子さんが言うと、旦那さんは頷きます。

「これはね、ペンダントであることは間違いないんだけどね、〈ヴィネグレット〉って言うんだよ」

「ゔぃ、え？　びねぐれっと？」

怜子さんと二人で顔を見合わせてしまいました。何て発音したのかわかりませんでしたけど、すごく良い発音でした。旦那さんひょっとして英語もできるんですね。

「〈ヴィネグレット〉。お酢のことをヴィネガーって言うよね?」

「あぁ！　ヴィネガー！」

怜子さんが頷きます。お魚料理の専門家ですもんね。お酢も使いますよね。

「それで、〈ヴィネグレット〉ですか。え、お酢って、ペンダントにお酢?」

全然わかりません。

旦那さんは笑いました。

「料理用語で〈ヴィネグレットソース〉と言えば、お酢やレモンを使ったちょっと酸っぱいフレンチドレッシングのことだね。それは聞いたことあるよね」

「あります」

「そもそも〈ヴィネガー〉っていうのは、フランス語で酸っぱいワインのことだったらしいね」

「あ、それが語源だったんですね」

「そうらしいね。僕も物の本の受け売りなんだけど」

それはわかりましたけど、でも、ペンダントとお酢に何の関係が。旦那さんは、そっとその〈ヴィネグレット〉を開きました。

「開くんですね！」

「開くんだよ」

旦那さんが眼を輝かせて言います。

「これは本当に良い状態だね。ほら蓋のかみ合わせもヒンジの部分もまるで甘くなっていないね。まるで新品のときのようにしっかりしているし、補修した跡すらないよ！　何より凄いのはどこも腐蝕《ふしょく》していないし、退色さえないんだ！」

興奮してますね旦那さん。

「そして、ほら中にもこういう蓋があるでしょう。穴の空いた」

「あ、本当だ」

中蓋に小さな穴がたくさん空いています。

「これはね、ここに香りの強いもの。たとえば香水やそれこそヴィネガーのようなものを染み込ませたスポンジやアロマソルトを入れておくためのものなんだよ」

「アロマソルト？」

それは何でしょう。

「まぁバスソルトみたいなものだね。それは知ってるよね？」

「知ってます知ってます。お風呂に入れるものですよね」

そうか、匂いを染み込ませた塩ですね。

「そう。だから、まぁちょっと語弊《ごへい》はあるけど〈持ち歩く香り瓶〉のようなものを、〈ヴィネグレット〉って呼ぶんだね」

なるほど。

「じゃあ、良い匂いを振りまくためにこれを持ち歩くってことかしら？」

怜子さんが言うと、旦那さんが少し首を捻ります。

「ちょっと違うかな」

「違うんですか」

「この〈ヴィネグレット〉が流行ったのはね、十八世紀後期から十九世紀後期ぐらいの時期なんだ。その頃のヨーロッパ、まぁわかりやすいところで、イギリスとかフランスの街中の様子って、せいらちゃんは想像つくかな？」

「えーと」

考えてみました。

昔のヨーロッパですね。映画は好きなのでけっこうよく観るんですよその時代のことを扱ったものも。

「つまり、すっごくわかりやすいところでは、あのシャーロック・ホームズの時代ですよね？」

旦那さんがそうそう！　ってにっこりしました。

「怜子さんも知ってるよね？」

「それぐらいは知ってるわよ。ワトソンとホームズね」

「彼が活躍するのは十九世紀後期のロンドン、つまりイギリスだね。だから、ものすごく乱暴にわかりやすく言えば、かのマリー・アントワネットからホームズの時代ぐらいのヨーロッパの街って、今の感覚で言うととんでもなく不潔だったって知ってる？」

「知ってます！」

あまり知って気持ちの良いことじゃないですけど。

「おしっことかを道路に捨てたりしていたんですよね？」

そうそう、って旦那さんが苦笑いしました。

「貧富の差が激しくてスラム街なんてのも普通にあったし、そもそも不潔とか清潔とかいう感覚もあまりなかった。お風呂に入るなんて習慣もなかったぐらいだからね。それでヨーロッパでは香水文化が発達したっていう歴史もあるぐらいなんだよ。つまり、街中にはとんでもなく不衛生で不潔で臭いところがたくさんあったんだよ。そしてその臭いが漂ってきて、それこそ気絶しそうなぐらいだったんだね」

「気絶って」

そんなにですか。そんなに臭いところが。

「その気絶したときの、あるいは予防の気付け薬の代わりとして、この〈ヴィネグレット〉は使われたんだね。思わずくらっとするぐらいの臭いがしたら、胸にかけたこの〈ヴィネグレット〉を開けて匂いを嗅いで正気を保った、と」

「そんなふうに！」

思わず怜子さんと二人でまじまじと見ちゃいました。この小さなペンダントがそんなふうに使われていたなんて。

「もっと言えば、当時の貴婦人は皆コルセットをしていたね？」

旦那さんが腰の辺りに手を当てます。旦那さんはもう少しお腹の辺りのお肉を絞った方がいいと思うんですけど。

「してましたね」

「あれは思いっきりお腹を締めつけるものだから、そんなものをしていたせいで、たとえば舞踏会なんかでは貴婦人はよく失神することもあったそうなんだよ」

失神！

「じゃあ。失神した人を気づかせるためにこれを?!」

「そういうことらしいね。ふっ、と気が遠くなったときに自分でこの匂いを嗅いで正気を保ったりしたんだろうね」

そんなことを。

「毎日サバイバルですね当時の貴婦人は」

「大変ね。貴婦人に生まれなくてよかったわー」

怜子さんも言います。

「これはね、とてもいいものだよ。内部にある刻印からすると、たぶんジョージ三世時代にイギリスで作られたものだね。中はもちろん酸による腐蝕を防ぐために金メッキが入念に施されている。内蓋には海図とさらには軍艦《ぐんかん》の細工模様。こんな精密な模様には滅多にお眼にかかれないよ! 表に描かれている肖像は、これは軍艦の様子からして、おそらくはイギリスの英雄であるネルソン提督だろうね。彼のモチーフはとても人気があったんだ。だから」

「だから?」

旦那さん、ゆっくりと頷きます。

「日本国内で売ってしまうとそんなに高値はつかないかもしれないけれど、これをヨーロッパのオークションにかければ、そうだなぁ、うまくいけば百万円ぐらいにはなるかもしれないね」

「百万円！」

思わず手を広げちゃいました。その広げた手を怜子さんと握り合ってしまいました。

百万円って、どれだけ働けばそれだけ貯まるんでしょう。

「どうして、そんなものをうちの人が」

怜子さんが言います。

「それは嘉樹さんに訊かなきゃわからないけれど、嘉樹さんが買ったとは思えないしもちろんパチンコの景品にこれがあるなんてことはまず考えられないねぇ。つまり、可能性としては」

「しては？」

旦那さんが、ミミ子さんを見ました。ミミ子さんも頷きます。

「借金のカタにでも受け取った、というのが可能性としては高いかしらね」

ミミ子さんがそう言いました。

借金の、カタ。

「怜子さん、何か思い当たることある？　嘉樹さんって、確か以前にもそんなことがあったような話をしていたわね」

ちょっと身震いするみたいに、怜子さん背筋を伸ばして頷きました。

「そうよあったわよ。あの人ね、前にも友達に頼まれてお金を貸したことがあるのよ。そのときも私に黙っていて大喧嘩になったのよ。人が好いにも程があるって。

結局そのお金は戻ってこなかったのよ」

「いくらぐらいですか」

怜子さん、指を三本出しました。

「三万？」

「三十万よ」

三十万！　思わず顔を顰《しか》めてしまいます。

「まぁ仮にだね」

旦那さんです。

「今回も、これが借金のカタだとしたら、その嘉樹さんに借金した人はとても正直者だったってことだねぇ。いくらなんでも百万以上のお金を嘉樹さんもポンとは貸せないだろう？」

「無理ね」

怜子さんが大きく頷きました。確かに、これを売ったら百万円になるんだったら、全然オッケーではないでしょうか。

「でもね」

「何かあるんですか？」

旦那さんが少し顔を顰めました。

「これだけのものをどうやってその人は手に入れたのかが、気になるねぇ」

あ、そうか。

「こんなに素晴らしいものは、いえアンティークなんだからそこら辺に売ってるものじゃないってことですよね？」

そうだね、って旦那さんは頷きました。

「もちろん、海外のアンティークのサイトや、日本の骨董《こっとう》屋やアンティークショップでも扱っている場合はあると思うけれども」

旦那さん、もう一度〈ヴィネグレット〉を眼の高さにまで持ち上げます。

「僕が今まで眼にした中でもこれは本当に素晴らしい、とんでもなく程度の良い、そして精緻《せいち》な細工が施されたものなんだ。今までこれほどの〈ヴィネグレット〉を日本国内はおろか、海外でも眼にしたことは一度もないんだよねぇ」

専門家である旦那さんが見たことないってことは。

「じゃあ、その人はどうやってこれを手に入れたんでしょうね」

旦那さんが難しい顔をして、頷きました。

「身内にこういうものに詳しい人がいたのか、あるいは商売をやっていたのか、それともたまたま海外旅行で手に入れたのか」

いずれにしても、って旦那さんがゆっくり立ち上がります。

「本当に借金のカタなのかどうか嘉樹さんに確認してから、少し、調べてみた方がいいかもしれないねぇ」

三　怪盗って？　何ですか？

嘉樹さんが仕込みの買い物から帰ってきた音が一階からしてきました。

〈魚亭〉さんは二階が自宅になっていて、造りが純和風なんですね。台所は板の間ですけど、他は全部畳敷きの和室だそうです。

商店街に面した二階の部屋が居間になっていて、窓の内側の障子を開けるとガラス窓の向こうに商店街の通りが見下ろせます。そういえば、嘉樹さんが二階で煙草を吹かしながらのんびりしているのを見た覚えがありました。

そもそも〈魚亭〉さんは、嘉樹さんのお父さんの時代は商店街で唯一の魚屋さんだったそうです。嘉樹さんがお店の跡を継ごうと考え始めた中学生ぐらいの頃になって、お魚は大好きだったけれど売るより食べることが大好きで、美味しい魚料理を作って皆に食べてもらえる料理店を商売にしたかった嘉樹さんがお父さんを説得して〈魚亭〉さんにしたそうなんです。

実は今の商店街にはお魚屋さんの〈魚政《うおまさ》〉さんがあるんですけど、それは〈魚亭〉さんの以前の名前だったそうです。商店街に唯一の魚屋さんがなくなるのは近所の人たちが買い物に困るだろう、って嘉樹さんのお父さんが知人に声を掛けて店を出してもらったのが〈魚政〉さんだとか。

だから、もちろんでしょうけど、〈魚亭〉さんが出すお魚は〈魚政〉さんが仕入れてくるんですって。

歴史っていいなぁ、って思うんですよ。わたしは商店街が近くにない住宅街に生まれて育ったのでそういう繋がりとか歴史とか本当にいいなぁって思うんです。〈バーバーひしおか〉も、ミミ子さんの代で終わることなくしっかりこの〈花咲小路商店街〉で続いてほしいなぁって思います。もちろん、わたしができることならなんでもしようって考えています。クビにならない限りは。

とんとんとん、って階段を上がってくる音がして、嘉樹さんの顔が見えました。

「おう？」

居間で旦那さんとわたしが怜子さんと三人でお茶を飲んでいたので、嘉樹さんちょっと驚いてから笑顔を見せました。

「見慣れない靴があるから誰かと思えば」

「お邪魔しています」

お辞儀をすると、嘉樹さん、笑いながら座卓に着きました。

「珍しいな凌次郎の旦那がうちに来るなんてよ。初めてじゃねぇか？」

しかもせいらちゃんまで一緒にって。

「そうだねぇ、初めてかも」

「どうしたよ。何か商店会の話でもあったか」

「いやいや、実はね嘉樹さん」

旦那さんが、ジャケットの内ポケットに手を入れて、〈ヴィネグレット〉をゆっくりと出しました。

「これの件でね。ちょっと訊きたいことがあってね」

「あ」

嘉樹さんが〈ヴィネグレット〉を見て眼を丸くしました。口をパカッと開けて、それから怜子さんを見て、旦那さんを見て、わたしの顔も見ました。

「通帳も記帳してきたよ」

怜子さんが、ゆっくりとそう言って、敷いていた座布団の下に隠しておいた銀行の通帳を二つ、座卓の上に出しました。

嘉樹さん、何か観念したように自分の頭を叩いてそのままごしごし擦ります。

「四十万円近くも引き出されているよね。こっちから十五万、こっちからは二十二万で合計三十七万円。それで両方ともほとんどすっからかん」

三十七万円です。わたしのお給料だと二ヶ月分近くにもなります。

「あんたが、この金をギャンブルに使ったなんて思ってないけど、聞かせてくれる？何に使ったのか」

怜子さんは静かに言ってますけど、もちろん怒ってますよね。

わたしだって、もしも結婚したとして、夫が勝手に自分たちのお金を使っちゃったら頭に来ます。それが自分一人で稼いだお金なら文句も言えないかもしれませんけど、〈魚亭〉さんはもちろん夫婦二人三脚で働いているんです。

稼いだお金は、二人のお金です。

嘉樹さん、ふぅう、って大きく溜息をつきながら下を向きました。それからゆっくり顔を上げて、奥さんの怜子さんを見ます。

「すまねぇ」

怜子さん、うん、って頷きます。

「謝らなくてもいいから。理由を言ってよ。今度は誰にお金を貸したの？」

わたしも旦那さんもここは口を挟めません。じっと二人を見たまま話を聞いています。わたしはもうなんだかドキドキしちゃってしょうがないんですけど、旦那さんはさすがです。

どっしりと落ち着いて笑みを湛《たた》えて、ときどき髭をさすりながら悠然と構えています。

「金を、貸した」

そう言う嘉樹さんに、怜子さんも旦那さんも、わたしまでそれはわかった、って頷いてしまいました。

「誰に？」

「小松《こまつ》の量子《りょうこ》ちゃんだ」

小松の量子ちゃん。

知らない名前です。旦那さんも少し首を傾げたので知らないんでしょう。

でも、でもでも女性って。女の人にお金を貸したって。怜子さんの眼が少し細くなりました。それから、小さく息を吐きました。

「確か、量子ちゃん、会社が潰れて無職になったんだったわよね」

あぁ、って嘉樹さん頷きます。

怜子さん、知ってる女性なんですね。やっぱりお店のお客さんとかでしょうか。

「お母さんが手術したって言ってたわよね」

「あぁ、そうだ」

「その、手術費？」

嘉樹さん、唇をへの字にして、頷きます。

「二十万ちょっと、なんだかんだで三十万近く掛かったってよ」

「大金よね」

「失業保険とかもいっぱいいっぱいでな」

「お父さんも確か家にいるのよね。もう八十ぐらいだったかしら。ボケる一歩手前で留まっているって。量子ちゃん、一人で年老いた親の面倒を見ているのよね。もうずっと長いこと」

「そうだな」

　旦那さんも眉を顰《ひそ》めました。わたしも思わず胸を押さえてしまいました。それを聞くだけでも、その小松の量子さんの現在の窮状《きゅうじょう》が理解できます。

　怜子さん、溜息をつきました。

「量子ちゃん、いくらパチンコが強くたって稼げるお金は高が知れてるわよね」

「だな」

「だからって」

　とん！　って少し強く怜子さん、座卓を叩きました。

「うちだって儲かってるってわけじゃないのよ？　この三十七万円がいつ必要になるかわからないカツカツの暮らしをしているんだからね」

「わかってる」

　わかってる、って嘉樹さん、繰り返しました。

「けどよ、量子ちゃんだってその中でうちに飲みに来てくれてんだぞ。あの子だってもう五十だ。ほとんど老老介護みたいになってきてよ。ストレス解消に一杯飲みに来て、飲み屋なんかこの辺にゴロゴロしてんのにわざわざうちに来てくれてんだ。お前だって、量子ちゃん、好きだろ」

「好きよ。量子ちゃん。もう長いこと常連さんやってくれてるし、困っているなら何とかしてやりたいって思う。だから、あんたがお金を貸してあげたことをとやかくは言わない。でも」

「一言、相談ですねぇ」

旦那さんが割って入りました。怜子さんが、ゆっくり頷きました。

「黙って貸しちゃったのが、不味《まず》かったですねぇ嘉樹さん」

「すまねぇ」

「でも、相談したらうちだって苦しいって言われるのはわかっているし、そもそもその量子さんは嘉樹さんの親戚でも昔の女でもない、ただのお店の常連さんですよね？　そんな大金を貸す義理はないのは明白。だから、黙って貸してしまったってのは、わかりますすけどねぇ」

嘉樹さん、うんうん、って頷きます。

「まぁ、うちもそうですけど、日銭が入る商売をやっているから多少は何とかなるって思っちゃうんですよね？」

「そうなんだよ」

パン！　と自分の腿を叩きました。

「儲からなくたって、うちは毎日毎日ちゃんと飯が喰えるしよ。お客さんだって毎日来てくれる。一日働きゃあ、三万や五万やいいときには十万の売り上げがあるのよ。働く会社もなくなっちまった量子ちゃんに比べたらよ。御の字じゃねぇかってな」

確かに、って頷いてしまいました。自分でお店をやっている商店街の人たちは、基本的にそういう考えを持っているかもしれません。

〈バーバーひしおか〉だって、一日の売り上げが四万とか行く日はあるんです。毎日そんな日じゃないですけど、一ヶ月で何十万円もの、百万円近くの売り上げになるときだってあるんです。もちろんそれが全部純利益じゃないですけど、働く会社がなくなってしまうサラリーマンの人たちのことを考えたら、元気があって働ければ何とかなるって思えてしまいます。

「嘉樹さん。それで、これは」

旦那さんが〈ヴィネグレット〉を指差します。

「その量子さんが、借金のカタってことで嘉樹さんに渡したものってことでしょうかね」

「そうなんだ。俺は別にそんなものいいって言ったんだけどよ。こんなものしかないんだって量子ちゃんが言ってな。借金のカタとかじゃなく、必ず借金は返すっていう証文代わりに貰ってくれってよ。何でもおばあちゃんによ、売ればそこそこになるはずだって言われて形見に貰ったんだってよ」

量子さんのおばあさんのものだったんですね。うん、って旦那さんが頷きます。

「実はですね、嘉樹さん」

「おう」

「僕がここにいるのは、これのせいなんですよ」

これのせい？　って嘉樹さん顔を顰めました。

「売ればそこそこ、なんてものじゃないんですよこれは嘉樹さん」

「へ？」

「さっき怜子さんには話したんですけどね。これは〈ヴィネグレット〉というもので、ヨーロッパのオークションに持っていって売れば、上手くいけば百万にはなるという素晴らしいものなんです」

「ひゃくまぁん?!」

嘉樹さん、飛び上がりました。

「本当かよ?!　凌次郎さんよ」

本当です、って旦那さんが頷きます。

「僕は餅と嘘はついたことがないんですよ。なので、僕に任せてくれれば、量子さんから借金はすぐに返してもらえて、なおかつ量子さんは少しばかりは安心できる金額を手にすることはできるんですけどね。もちろん、丸んまそのお金は貰おうなんて思わないですよね？」

「あったりまえよ！」

嘉樹さんが大きく頷きました。

「そんな大層なもんってわかってたなら、貰ってこなかったぜ。すぐに量子ちゃんに返して、借金の分だけは貰うぜ」

「そうですよね」

旦那さん、にっこり笑って頷きます。

「ただ、気になることがありましてねぇ」

「なんだい？」

「これの持ち主だったという量子さんのおばあさんですけどね。何かそういう商売でもやっていたんでしょうか？」

嘉樹さんが、いや、って首を横に振りました。

「全然知らねぇけどな。ほらよ」

嘉樹さん、怜子さんに向かって言います。

「前に量子ちゃん言ってたことあったろ。おばあちゃんがその昔にイギリスに住んでいたことがあるってさ」

あぁ、って怜子さんが頷きました。

「話していたわね。確か、お母さんの方のおばあさんよね。何でもロンドンの大学に留学していたことがあった、すっごくハイカラでインテリでカッコいいおばあちゃんだったんだって」

ロンドンの大学ですか。それは時代を考えると本当にハイカラでインテリでしかも裕福だったんじゃないでしょうか。

「そうそう。それで、たぶんこれもそのおばあちゃんがイギリスに住んでいた頃に手に入れたものだって話だったぜ」

ふぅむ、って旦那さん、髭をいじります。

「ロンドンですか。今までの話によると、量子さんはもう五十歳になられる女性なんですよね？」

そうだ、って嘉樹さんも怜子さんも頷きました。

「一度結婚したんだけど、子供もできないうちに離婚しちゃってね。それからずっと一人なのよ量子ちゃん」

「この辺に住んでいる人なんですか」

訊いてみました。

「二丁、向こうかな。ほら〈篠田《しのだ》外科〉あるでしょ。あの裏側の方に住んでるはず」

大きな病院ですね。わたしはまだ行ったことありませんけど、あの辺ですか。

「借家住まいだって言ってたな。もう親も働けなくてな。兄弟もいねぇから親の面倒は量子ちゃん一人で見てんのよ」

なるほど、って旦那さんも頷きます。

「すると、量子さんが五十歳なら、そのお母様はおおよそ七十代から八十代でたぶん昭和一ケタか戦前ぐらいの生まれですか。そのさらにお母様、つまり量子さんのおばあさんとなると、大正から明治の終わりぐらいの生まれになりますか。その時代に生まれた人がロンドンに留学していたとなると、かなりの家柄のお嬢さんだったんでしょうかね」

わたしも嘉樹さんも怜子さんも頭の中でいろいろ考えながら、まぁそうか、って頷きました。

確かに、そうかもしれません。その時代のことはわたしは古い映画やNHKのドキュメンタリーものでしか知りませんけど、外国に留学するなんて相当なことだったんだと思います。

「詳しい話は全然聞いていないけどな。まぁおばあちゃんがそんなんでも今は、カツカツの暮らしをしていることは間違いないんだけどな」

嘉樹さんがそう言って、旦那さんが頷きました。

「いずれにしても、これは」

旦那さんが〈ヴィネグレット〉を持ち上げます。

「嘉樹さんが貰ったものではありますけど、勝手にオークションに出してお金にするわけにはいきませんよね？　いや、お金にしてしまった方が、量子さんのためにもいいとは思うんですがね」

怜子さんと嘉樹さんが顔を見合わせました。

「そういうことなら、金にしちまった方がいいよな？」

怜子さんが、ちょっと首を傾げました。

「その方がいいとは思うけど、いくら貰ったものでも、量子ちゃんに黙って勝手にするわけにはいかないわよね」

「そうでしょうね。経緯からしてオークションに出す話もその量子さんとした方がいいと思いますのでどうでしょう、この朱雀凌次郎に任せてもらえませんか？」

☆

〈バーバーひしおか〉に戻ると、ミミ子さんが調髪器具を掃除していました。

「ミミ子さん、わたしがやるのに！」

「いいのよ、これは自分のなんだから」

ハサミとかそういう自分が使うものは、自分できちんと掃除や調整をするのが理容師の基本です。もちろん刃が切れなくなってきたとかそういうのは専門の業者さんに頼んで研いでもらいますけど、昔はそういうのも自分でやったんだってミミ子さんは話してくれました。

わたしが使っているハサミを入れるケース、〈シザーケース〉って言うんですけど、これも特注品で市販のものじゃありません。革製品で桔平さんが特別に作ったものです。ミミ子さんのもそうです。自分がいちばん使いやすいと思ったものを、長く大事に使う。それが基本なんです。

「どうだったの？」

三人で居間に戻って、わたしが紅茶を淹れました。朱雀家は、日本茶も紅茶もコーヒーもいろいろ飲みます。

その日の気分なんですけど、これも旦那さんの趣味だと思うんですけど、急須《きゅうす》やティーサーバーやコーヒーサイフォンなど、そういうお茶などを淹れる道具がずらりと台所に並んでいます。

すっかりわたしもいろんな器具の使い方に慣れました。

「やっぱり借金のカタみたいなものだったよ」

旦那さんが説明すると、ミミ子さんうんうん、って頷いています。

「量子さんね。私、何度か顔を見たことあるわ」

「そうなのかい？」

「一度だけだけど、それこそ〈魚亭〉さんに紹介されたって、顔剃りに来たことあるのよ。あなたはいなかったかも」

「そうか」

小松量子さん、うちのお客様でもあったんですね。

「それに、病院の待合室でもね」

病院ですか。

「お薬を貰いに行ってるときにね。あれはじゃあお母様だったのね。具合の悪そうなご婦人と一緒に待合室で座っていたわ」

ミミ子さんはアレルギーの持病があって、そのお薬を皮膚科に貰いに行ってます。市立の総合病院に通っているので、量子さんのお母さんもそこで手術を受けたんでしょうか。

「イギリスで手に入れたものなのかしらね」

旦那さんがテーブルの上に置いた〈ヴィネグレット〉を手にして、ミミ子さんが言います。

「まず、間違いないだろうね」

「でも」

ミミ子さんの表情がほんの少し曇りました。何でしょう何でしょう。いつも笑顔のミミ子さんにしてはちょっと暗い感じが気になります。

「あなたがそんなに気にするってことは、この品物、何か曰《いわ》く付きってことなんでしょう?」

「いわくつき?」

知らない言葉でした。

「いわくつき、って何でしょう?」

旦那さんとミミ子さんが微笑みます。

「何か事情がある、って意味だね。あまりよろしくない方の事情。不動産、マンションや一軒家で〈曰く付きの物件〉とか聞いたことないかい？」

「あります！」

ありました。知ってました。

「誰かが死んでしまったことがあるとか、呪われてるとか！」

そうそう、って旦那さんが苦笑しました。

「え、じゃあ」

この〈ヴィネグレット〉って。

「呪われてるってことですか?!」

「いや」

そういうことじゃないんだけどね、って旦那さんは言います。

「まぁ、出所《でどころ》の問題かなぁ」

出所、ですか？


このことは他の誰にも言わないでね、って旦那さんは言って、それからちょっと散歩しようかってわたしを外に連れ出しました。

もちろん、〈魚亭〉さんの個人的なことなんですから、誰かに言いふらしたりはしません。わたしはこれでも口も身持ちも堅くて有名なんです。〈鋼鉄のセーラ〉と学校であだ名付けられたこともあります。

「セーラはカタカナです」

「凄いねぇ」

旦那さんは笑います。どこに行くのかと思ったらお店を出てすぐ、〈花咲小路商店街〉一丁目のど真ん中にどどんと聳《そび》える石像。

〈苦悩する戦士〉通称〈ピュウドナの剣闘士〉の前に、旦那さんは立ちました。

「素晴らしいよねぇ。本当に」

「はい」

これは、ここに来て初めてじっくり見たんですけど、本当にスゴイと思います。美術品で芸術品です。

それこそ旦那さんの大好きなイタリアや、イギリスの博物館とか美術館に行かないと見られないような芸術品が、この〈花咲小路商店街〉には石像だけじゃなくて、絵とかもたくさんあるんです。わたしは新聞で読んだだけなのでよくわかってなかったんですけど、ここに住み始めてからいろいろ話を聞いてわかってきました。

「これ、読んだ？」

「読みました」

ちゃんとこのケースの中に解説文があるんです。

【〈苦悩する戦士〉通称〈ピュウドナの剣闘士〉制作者：イプソズの息子アリトゥズのエンガシア】『紀元前一〇〇年頃の古代ギリシャ・マケドニアでの戦いをモチー

フにして制作されたものと考えられている。振り上げた腕は明らかに戦闘中の姿であるのにもかかわらず、〈苦悩する〉と名付けられた所以《ゆえん》はこの剣を振り上げた右腕の筋肉にほとんど力が込められていないのではないか、と評されたところから来たものである。その理由として、地に横たわった敵に最後の一撃を喰らわすのを実は躊躇《ためら》っている、戦士で在りながらも人の命を奪うことに悩んでいるのではないかと推測された。しかし一方剣を振り下ろし敵を葬ってさらに腕を振り上げ、勝ちどきを上げた瞬間なのではないか、とする説もある。〈イプソズの息子アリトゥズのエンガシア〉はまったく無名の人物であり、美術史上にこれ以外で彼の名は出てこない。紀元前四世紀の彫刻家ケントトッシスが完成させたという技術を模し人間の筋肉を極限まで美しく強調した作風には、ヘレニズム文化の薫りというものが色濃く漂う』

もういかにも、って感じの解説ですけど、すっごくわかりやすい。

「この石像が入っているケースのお掃除とかも、商店会の皆さんでやっているんですよね」

「そうそう。持ち回りでね。別にいつもしている掃除に、これが加わっただけだからなんてことはないんだけど、最初は緊張したよねぇ。触ったら倒れるんじゃないかとか」

「そうですよねー」

こんな美術品、もちろん中の石像には触れないんですけど、ケースを掃除するってだけで本当に緊張します。

わたしも今は〈花咲小路商店会〉の会員の一人なので、そのうちにお掃除する順番は回ってくると思うんですけど。

「他のも、一応見ようか」

「はいはい」

石像は他にも二体あります。何で見て回るかわかんないですけどいいです。旦那さんと二人で並んでのんびり商店街を歩いていくのも楽しいです。

わたしは背が高いので、並ぶと旦那さんとほとんど同じなんですよね。その感覚もちょっと嬉しいんです。

わたしがニコニコしていたせいか、旦那さんが楽しい？　って訊いてきました。

「楽しいです。旦那さんとは背が同じぐらいなので」

旦那さんが首を傾げました。

「あ、おじいちゃんも、祖父もそうだったので。わたしとまったく背の高さが同じで、何となく思い出すので嬉しいです」

「そっか」

旦那さんが微笑みました。

「おじいちゃん、もう少し長生きしてもらってたらね。せいらちゃんが理容師として立派にやってるのも見てもらえたのにねぇ」

「そうですね」

それは本当にちょっと残念です。

「父もいなかったので、あれなんですよね。何とかコンプレックスなんですかね」

「何とかコンプレックス？」

そうなんです。

「わたしって、ちょっと年配の男性と一緒にいるのがすごく好きで楽しいみたいで、〈老《ふ》け専〉って学校でも皆に言われてました。おじいちゃん先生と一緒にいると本当に楽しそうだって」

旦那さんが笑いました。

「あれだねぇ、加齢臭が漂うような男性に魅かれるのかなぁ」

「あ、それはあります！」

「あるのかい⁉」

「けっこうイヤじゃないんですよね加齢臭」

ひょっとしたら、理容師になったのはそのせいもあるのかもしれません。

「あ、でも旦那さん。別に恋愛の対象になるのが年配の男性ってわけじゃないですからね。そこは誤解しないでくださいね。若いイケメン好きですから」

話しながら信号を渡ると、そこは花咲小路二丁目。

二丁目のど真ん中にある石像は、【〈グージョンの五つの翼〉制作者:ジョン・グージョン】です。

『古代ローマに伝わる奇妙な話の数々を写実的にかつ寓話《ぐうわ》的に表現することを得意としたローマの彫刻家ジョン・グージョンの代表作のひとつ。五人の天使が世界樹と思われる大木の周りをまるで遊ぶかのように舞う姿を刻みつけた見事な彫刻作品。しかし翼と題されながらもそこに刻まれているのは翼ではなく武骨な鉄製の鎖であり、天使が自らの翼（鉄鎖）で自らの身体を縛りつけるという独特の構図になっている。シャルル九世に愛されたグージョンはこの鎖による翼をモチーフとすることが多く、後年になってもその解釈には多くの異説が唱えられる。五つの翼（鉄鎖）のうち、二つのものは片方が天まで伸びるかのように刻まれており、ひとつは逆に世界樹の根本深くに潜り込んでいるようになっているが、これは当時の宗教戦争による国家の分断を暗喩し批判したものではないかと解釈されている』

ふむふむ、って改めて読みました。真面目に読んだのは一回だけだったので、改めて読むとこの石像の様子が本当によくわかります。

「三丁目に行ってみようかね」

「はいはい」

三丁目にあるのは、【〈海の将軍〉制作者:マルイーズ・ブルメル】。外国人の名前ってちょっと覚えづらいですよね。わたしはもう何回もこの名前だけは読んでますけど、ちゃんと覚えているのは二丁目のジョンさんだけです。

『海の神であるポセイドン神を描いた彫刻は数あるが、フィリップ二世がパリ防衛の要《かなめ》として造らせたルーヴル城、すなわち後世のルーヴル美術館の基礎となる建物に最初に所蔵されたとされる貴重な彫刻作品である。制作者であるブルメルの名はこの彫刻に刻まれたもののしか発見されておらず、それ以外の資料はない。後世のポセイドン神のイメージからは遠く離れ、まるで学者か哲学者の如き風貌はフィリップ二世を模したものではないかと解釈されている。当時のルーヴル城、即ち要塞の守り神として置かれたと考えられているが、何故海の神を選んだのか美術研究者の間ではいまだに論争が繰り返されている。さらには台座となる部分に刻まれているのは海の文様ではなくおそらくは星座と考えられ、当時の天文学者たちが何らかの形で関わったことが推測されている。技法は武骨ではあるが迫力に満ち、穏やかな表情の対比と相俟《あいま》って、圧倒的な迫力を醸《かも》し出すことに成功している』

三丁目のこの〈海の将軍〉は、〈愛の審判者〉と呼ばれてこの像の前で永遠の愛を誓うってことが行われたこともあったそうなんです。

そこで商店会としては、この像の前で人前結婚式をするプランを用意して、今までに何組ものカップルがここで式を挙げているんですよ。そのときにはもう商店街がひとつになって、幸せな二人のためにお祝いをするそうです。

石像の周りにはベンチがあるので、旦那さんがそこに座りました。わたしも隣に座ります。

「改めて見て、どう？」

「やっぱりスゴイです。本物の芸術品ですよね」

実は本物か贋物かの論争はまだ続いているようなんですよね。詳しくは知らないんですけど。

「これをここに置いた、って噂されている怪盗の話って聞いた？」

「聞きました。ミミ子さんに教えてもらいました」

怪盗セイント。

最後の怪盗紳士〈セイント〉。

〈Last Gentleman-Thief “SAINT”〉。

イギリスに住んでいる五十代以上の人だったら、世紀の大泥棒とか、義賊とか、そういうことでよく覚えているそうなんです。

さすがイギリスですよね。英国ですよね。そんな怪盗紳士って呼ばれる人が実在していて、今もどこかで生きているそうなんですから。

「スゴイですよね。そういう映画の中の話みたいなことが、現実にあるなんて」

「うん。そうだねぇ」

旦那さんは、にっこり微笑みながら空を見上げました。

「それでね、あの〈ヴィネグレット〉なんだけどね」

「はい」

お店の金庫の中にしまっておきました。

「その〈怪盗セイント〉がかつて盗んだものなんじゃないかなぁって、思うんだよね」

えっ?!

四　シャンティイーって？　何ですか？

あの〈ヴィネグレット〉が、〈怪盗セイント〉がかつて盗んだものって。

「ひょっとして旦那さん。そういう、盗まれたものの全リストみたいなものがあるんですか？」

「あるんだよね。これが」

旦那さんが、大きく頷きました。

「そもそも〈怪盗セイント〉っていうのはね、せいらちゃん。まぁ泥棒なんだよね」

「そうでしょうね」

怪盗さんなんだから、基本的なところは泥棒さんですよね。それぐらいはわかりますよ。

「でもね、すっごく人気があるんだ。今もイギリスのお年寄りの方々は彼のことを〈義賊〉って呼んでいるんだよね」

義賊。

「それはあれですね。鼠小僧《ねずみこぞう》とかいうのと同じですね」

「そうそう、随分古いのを知っているね」

「いろいろ勉強してます」

理容師は、お客様と楽しく会話をするのもお仕事。髪を切って楽しく喋って心も身体もさっぱりして帰ってもらうのが理想なんです。

それはつまり、理容師はいろんな話題を自分の中に持っていなきゃならないんです。若い人たちとなら、わたしも若者なので普通に会話していればいいんですけど、お年寄りの皆さんと楽しく会話をするためには、いろんな古いことも知っていなきゃならないんですから。

「そうだね。それはとてもいいことだよ」

「ですよね」

「せいらちゃんは本当に真面目で仕事熱心で感心しちゃうよ」

いえいえ、褒められても困ります。何にも出ませんので。

「それでね、セイントなんだけど」

「はい」

「彼が盗んできたものはお金ではなく美術品や芸術品ばかりなんだけれど、どれも所有者があくどく手に入れたり、どっかから盗んだり、そういうものばかりを盗んできたんだ。そして正当な持ち主に返したりもしているんだ。だから彼は自分で『取り返してきた』って言ってるらしいんだけどね」

あ、そういう感じなんですか。

「だから〈義賊〉なんですね」

「そういうことだね」

「カッコいい泥棒さんなんですね」

旦那さんは、うーん、ってちょっと渋い顔をします。

「まぁそれでも盗んでくるんだから、犯罪は犯罪なんだよねぇ。それをカッコいいと言ってしまうのには僕は抵抗があるんだけど、ただ彼はね、美術品を芸術品として正しく扱っている。それは間違いないんだ。そこのところは僕もね、彼は正しいと思っているんだよ。ここの三体の石像もね」

「はい」

「そもそも所有者がいないものだったんだけど、前の持ち主が正当ではない方法で手に入れて隠し持っていたんだ」

そうなんですか。

美術の世界にもいろいろ闇の部分があるってことですね。

「それをね、こうしてセイントは、あ、正確には〈セイントと名乗ってここに置いた人物は〉かな。きちんと陽の当たる場所に、あ、それはたとえでね。美術品には大敵の、陽の光のあまり当たらないアーケードの下で誰もが本当の芸術の素晴らしさに触れられるようにしてる。それは、とてもいいことだと僕は思うんだ。こんな素晴らしい本物の芸術品をタダで毎日誰でも見られるなんて、本当に凄いことなんだよ」

そうですね、って頷こうとしたんだけど。

「え？」

「え？　って？」

「今、旦那さん、これを本物だって言いました？」

旦那さん、にやりと笑いました。

「せいらちゃんが僕の鑑定眼の確かさを信じてくれるんならね。これは、紛《まご》う方なき、本物だよ」

「ええっ」

それは、とんでもないことなんではないでしょうか。

「だって、旦那さん。この石像っていまだに本物か贋物か結論は出ていなくて、だからここにこうしてずっと置かれたままになっているんですよね？　国際的な問題にもなったけど、どうしたらいいかわからなくてそのまま棚上げになっているって前に記事が出ていましたけど」

「そうだね。その通り」

そうだねって。

「まぁ石像が本物かどうかの詳しい鑑定法や調査法をここで一から説明しても、せいらちゃん困るだろうから」

「困りますね」

「要するに、ちゃんとした鑑定はいろんな機材を使わなきゃならないから、ここから移動させなきゃできない。しかしこの石像はおいそれと移動できないしケースからも出せない。〈セイントと名乗る人物〉がそうせざるを得ないように細工をしているからねぇ。つまり、ここから見ただけで本物か贋物かを判断できる人じゃなきゃ鑑定できないんだけど、そういう鑑定ができる人物は世界を見渡してもほとんどいないんだよ」

「いないんですか」

「まぁせいぜい二、三人かな」

旦那さん、そう言ってにっこり微笑みました。

「ということは、その内の一人が、旦那さんですか」

「自慢するわけじゃないけど、そういうことだね」

「じゃあ、どうして旦那さんに鑑定依頼が来ないんですか」

うん、って頷きました。

「僕はいわばアマチュアの研究者みたいな立場の人間だからね。僕ごときの鑑定じゃあ、誰もそれを正しいとは言わないし、言えないんだよ」

え、どういうことでしょう。

「でも、トモエさんが言ってましたよ『西洋美術における凌次郎さんの鑑定士としての高い能力は、世界中の美術界で認められています』って」

うん、って旦那さんは頷きます。

「まぁ面映《おもは》ゆいけど自分でもそう思っているんだけどね。でもね、美術品の鑑定の確かさというのは、つまるところ権威なんだよせいらちゃん」

「権威」

「バックに大きなものがあってこそ、その鑑定の確かさに箔《はく》が付き信憑性《しんぴょうせい》が高まり、信用となるんだよね。たとえば、僕が今もルーヴル美術館で正式に働いているシニアキュレーターとか修復士とかだったら間違いなくこの石像の鑑定依頼がやってきて、そして僕が『本物です』と言えば、もっと大騒ぎになって何とかしてこの石像を移動させようとするだろうね」

「そういうものなんですね」

「ただまぁ」

難しそうな顔をします。

「正直、素晴らしい芸術品ではあるものの、たとえばこの〈海の将軍〉は正当な持ち主が決まっていない。発見されたのはパリだからフランスが国家予算で移動させようとしたら相当な金額が掛かるしリスクもある。そんなリスクを冒してまで鑑定のために移動させなきゃならないのかっていうのは、たぶん疑問の声が上がるだろうねぇ」

「じゃあ、これをここに置いた〈怪盗セイント〉は、あ、そう名乗っている人物はそこまで計算したってことですね」

「そういうこと。本当にせいらちゃんは頭の回転が速いね。そもそもがそういうものしか彼は手元に置いておかないんだろうね。そして、話をぐるっと戻して、〈怪盗セイント〉が盗んだもののリストなんだけどね」

そうでした。

その話をしているんでした。

「僕はアマチュアではあるけれど、一応家柄も含めてそれなりのコネクションがある鑑定士でもあるのでね。業界の裏リストみたいなものも持っているんだ」

「裏リストとは、つまりあれですか。世界中で盗まれた美術品のリストのようなものですね？」

そういうこと、って旦那さんは頷きます。

「その中には〈怪盗セイント〉が今までに盗んだもののリストもあるんだ。ここの三体の石像やあちこちに飾ってある絵も当然のようにそこに入っている」

「旦那さんはそのリストを全部把握していて、その中にあの〈ヴィネグレット〉もあった、と」

「たぶんね。写真や図柄なんかの詳細な資料は僕の手元にはないので、そこははっきり確定できないんだけど、ほぼ間違いなく、かのマリー・アントワネットが使っていたとも言われてる品物だよ」

マリー・アントワネット。もう、歴史上の大物です。それはもう、あの〈ヴィネグレット〉に箔が付くってものですよね。

「じゃあ、旦那さんがこれからしようとしていることは」

うん、って大きく頷きました。

「どうしてそんな品物が、この小さな町に住む女性のところから出てきたか、を調べることだね。そこをはっきりさせないと売れるものも売れやしないし、出所が怪しくなると警察沙汰になったりするかもしれない。そうなると、嘉樹さんも量子さんも、とにかく皆が困るからねぇ」

警察沙汰。

確かにそれは困ります。

☆

小松量子さんの家は小さな二棟続きの家でした。結構な古い家で築四十年か五十年は経っているんじゃないかって感じです。

午後四時過ぎ。〈魚亭〉の嘉樹さんから電話をしてもらって、量子さんの家で話をすることにしました。

量子さん、お父さんは家でほぼ寝たきりになっているそうです。そしてお母さんは今、入院しています。正直言って、家の中には暗い空気が漂っていました。あんまり、よくない感じです。そして、量子さんはどちらかと言えば明るい笑顔の女性でしたけど、明らかに生活に疲れている感じが全身から漂っていました。

本当に、よくないです。何とかしなくちゃならないと思います。

「と、まぁ」

旦那さんは、正直に全部量子さんに話しました。西洋の美術品のことなら何にでも詳しい鑑定士でもあること。あの〈ヴィネグレット〉がどういう品物で、売れば結構なお金になって嘉樹さんからの借金も返せることも。

量子さん、本当にびっくりしていました。

「そんな凄い品物だったなんて」

「ですよねぇ。僕もね、本当に驚きましたよ。まさかここまでの品物を日本で見られるなんてね」

量子さんのおばあさんが、イギリスに留学していたのは間違いないみたいです。当時に向こうで撮ったものすごく古い写真も残っていましたし、その頃に向こうで使っていた服や道具も少し残っていたんです。

それ自体もとても貴重なもので、そんなに高くは売れはしないけれどこのままきちんと保管しておくといいって旦那さんは言いました。

でもあの〈ヴィネグレット〉をどこで誰から手に入れたかはまったくわからないそうです。

「日記とかそういうものも、ないんですね？」

旦那さんが訊くと、量子さんは頷きました。

「本当に何もわからないんです。ただ亡くなるときに、自分のものは全部遺していくから好きにしなさいって言い残して」

なるほど、って旦那さんが言ってちょっと顔を顰めました。何もわからないんじゃあ、どうしようもないですよね。

「残念ながら量子さん」

「はい」

「何もわからないとなると、あの〈ヴィネグレット〉を売ることはできなくなってしまうんです」

「そうなんですか？」

そうなんです、って残念そうな顔をして旦那さんは頷きます。

「詳しいことは言えませんが、あの〈ヴィネグレット〉が盗品であるというはっきりとした来歴があるのですよ」

「盗品！」

「つまり、あの〈ヴィネグレット〉を世に出してしまうと、おばあさんにその嫌疑が掛かってしまうことになります」

「え、それはつまり、祖母が盗んだと」

「おばあさんがではなく、おばあさんが〈ヴィネグレット〉を盗んだ人物と関係があると見なされてしまいますね。そうなると、あの〈ヴィネグレット〉を盗んだ人物は存命であると考えられていて、いまだに海外では指名手配されていますから、量子さんにまで海外の警察から捜査の手が伸びてくる可能性もなきにしもあらずなんですよ」

「そんなこと」

困りますよね。ゼッタイに。これ以上人生の厄介事を抱えたら、量子さんは本当にパンクしてしまうと思います。

「どうしたらいいんでしょう？」

量子さんに訊かれて、うむ、と、旦那さん唇を結びます。

「来歴さえはっきりすれば、できればオークションに出して借金などをきれいにしてあげたかったんですが、何もわからないのではこのまま〈ヴィネグレット〉は眠らせておくしかないですねぇ」

眠らせるって。

「つまり、ただ眺めて終わるってことですか？」

わたしが訊くと、そうなるねぇ、って旦那さんが言います。小さく息を吐きました。

「量子さん。それで訊きたかったんですがね」

「はい」

「できれば何とかして嘉樹さんからの借金もきれいにしてあげたいのですが、〈ヴィネグレット〉は売れません。洋服や当時使っていた雑貨の他に、何かおばあさんが遺したものってないんですかね？　あの〈ヴィネグレット〉みたいな美術品らしきものは」

「あります」

「あるんですか？」

「あのペンダント、あ〈ヴィネグレット〉ですね。それと一緒に祖母が大事にとっていたものなんですけど」

ちょっと待ってください、って量子さん立ち上がって、とてもしっかりした木箱を押入れの中から引っ張り出しました。これはゼッタイ日本のものじゃないって一目でわかりました。

「宝箱みたいですね！」

ドラクエです。

ドラクエに出てくる宝箱です。そんな感じなんです。そう言うと旦那さんも量子さんも笑いながら頷きました。

「確かに宝箱っぽいね。ちょっと待ってくださいね」

旦那さんはその木箱をじっくり見ています。

「〈ヴィネグレット〉もこの箱に一緒に？」

「そうです」

「確かにこれは日本のものじゃないですね。しかもこの箱自体、結構なアンティークです」

「古いんですね？」

わたしが訊いたら、古いね、って旦那さんは続けました。

「正確なところは木材がいつの時代のものかをそれこそ機材で測定しなきゃわからないけど、僕の見立てでは十八世紀ぐらいのものだろうね。それぐらい古い時代に作られた木箱だよ」

そんなに古いんですか、って量子さんが驚いています。

「きっとアンティークショップに持ち込めば四、五万で売れますよ。じゃあ、開けますね」

蓋に鍵は掛かっていません。鉄製の何て呼ぶんでしょう、かんぬきみたいなものが差してあるだけです。それをずらして、蓋を開けます。

中には何だか古いタオルで包まれたものがあります。

「このタオルはアンティークじゃないですよね？」

「違います違います。随分昔ですけど、私が包んだものです。〈ヴィネグレット〉と一緒に包んでおいたものです」

量子さんが慌てたように言います。ですよね。旦那さんがそっとそれを持ち上げて、テーブルの上じゃなくてそっと床の上に置きました。

「床で見るんですか？」

「床の上なら、落ちないですからね」

なるほどそうですね。中身がどんなものでも落ちなきゃ壊れたりしませんもんね。

旦那さんがタオルをゆっくり取りました。

「これは」

旦那さんの眼が一瞬大きく丸くなりました。

タオルに包まれていたのは、お人形です。

「陶磁器の、お人形ですか？」

わたしには、白い陶磁器に見えます。

どこかの貴婦人のような感じのお人形で、その貴婦人が壺を持って横たわっているような感じの品物です。旦那さんがポケットからハンカチを取り出して、バッ！と広げて、丁寧に包みながらその陶磁器を取り上げました。

じっくりと見て、そして引っ繰り返して裏側を見ました。

「間違いないですね」

「何に間違いないんですか」

明らかに、旦那さんの眼が真剣です。

怖いぐらいにマジです。

「見てください。このマーク」

旦那さんが陶磁器の裏側を、わたしと量子さんに向けました。見ても何にもわからないんですけど。

「小さな赤いホルンのマークです」

「ホルン、ですか」

わたしには赤い○と何かを組み合わせた子供のイタズラ描きにしか見えませんけれど。

「楽器のホルンですよね？」

「そうです」

ホルンって言われれば確かにホルンっぽく見えます。

「〈シャンティイー〉ですね。間違いないです」

「しゃん、てぃいいー？」

量子さんと顔を見合わせてしまいました。

何でしょう何でしょう。

でもきっとこの陶磁器を作ったところのことなんでしょう。マークが入っているんですから。

「旦那さん、あれですか。それは、陶磁器の窯《かま》のことですか」

「その通り。〈シャンティイー〉。十八世紀初頭にブルボン王家の血を引くコンデ公が始めた軟質磁器窯のことですよ。残念ながら十九世紀までに消えてしまった窯なんですが、そもそもコンデ公は偏執的《へんしつてき》とも言っていいほどの柿右衛門《かきえもん》のコレクターでしてね」

「柿右衛門、ってあの日本の柿右衛門ですね？」

「そうです。あの柿右衛門です。何かで見たことあるでしょう？　どことなくイメージが似ていませんか？」

そう言われてみれば、白っぽいところや。

「お花の模様とか、似ていますよね」

「そうですそうです。柿右衛門様式の装飾が入っていますよね。せいらちゃん、なかなか観察眼が鋭いね」

「いや、それほどでも」

でも、普段から陶器やそういうものは好きなんですよね。雑誌とかに載ってるとついつい見ちゃいます。

量子さんが、何だろうどうしたらいいんだろうって顔をして旦那さんを見ています。

「旦那さん」

「あぁ、すみません量子さん放ったらかしちゃって。これは本当に素晴らしいものです。おばあさんは余程の目利きだったのでしょうね」

「目利きというと」

量子さんが不安そうな顔で言います。

「これは、花生けになっているものですが、〈シャンティイー〉で作られたもので世に出ている中で、このようなスタイルのものは僕も一度も見たことがありません。つまり一度も世に出回っていないものなんです。おそらくはおばあさんがイギリス滞在時に誰かからきちんと譲り受けたものなのでしょう。これはきちんと世に出せる、つまり売れるものだと思います。そしてですね」

旦那さんは、ちょっとだけ顔を顰めました。

「量子さん」

「はい」

「どうして嘉樹さんの借金のカタにこちらを出さなかったんですか?」

量子さん、ちょっとだけ首を傾げました。

「割れ物ですから。割れたら消えてしまうものを預けるのもなんだと思ったし、それに、これは母もとても気に入っていたんですよね。勝手に私が持ち出したら後でがっくり来るだろうなぁと思って」

なるほど、って旦那さんは納得しました。

「〈魚亭〉の嘉樹さんはあなたを信用していました。だから、僕も信用してお知らせしますが、絶対に誰にも、嘉樹さんにも教えてはいけません。いいですか？　約束できますか？」

量子さんは、ちょっとだけ困ったような表情を見せましたけど、頷きました。

「つまり、この磁器はとても高く売れると予想されるってことですか」

量子さんが言うと、旦那さんは、大きく頷きました。わたしも旦那さんの態度からそう予想してましたけど。

「量子さんが、両親の介護をしながら、新しい仕事を探してそれが見つかりなんとか生活を立て直せるようになるまでの間、生活をしっかりと、明日のお米の心配をしないで支えてくれる程度のものにはなるはずです」

いくらでしょう。想像してみるしかないですけど、〈ヴィネグレット〉の百万円をはるかに超えるってことですよね。

きっと、普通のサラリーマンの年収ぐらいにはなるんじゃないでしょうか。

「ただし」

旦那さんが人差し指を立てました。

「そのためにはこの〈シャンティイー〉の磁器がきちんと鑑定された正当なものであると証明しなきゃなりません。つまり、僕が一度預かって、どこか真っ当な美術館か博物館を通して鑑定書を発行するんです。それによって、この品物をきちんとしたオークションに掛けることができるんです。わかりますね？」

「わかります」

「持ち主を伏せて、あくまでも表に出るのは代理人です。僕はしませんけれど、そういう専門の人間を知っていますので頼めます。お金は掛かりますが、まぁこれが売れたときのことを考えれば大した金額じゃありません。ですがね、そういうことをあなたがやってお金が入ったとなると、それを周囲の人が知ったらどうなるか、わかりますよね？」

思わずわたしも顔を顰めちゃいました。

わかります。宝くじに当たった人って必ず不幸になるって言いますよね。不幸って言うか、周りの人間関係がぐちゃぐちゃになっちゃうってよく聞きますよね。

量子さんが、眼を細くして旦那さんを見ました。

「それぐらい、周囲の人に隠さなきゃならないぐらいのお金が入るってことなんですね」

「何億円の宝くじに当たるよりかは、ずっとはるかに低い金額ではありますがね。誰かに知られたら羨ましがられて嫉《ねた》まれる程度の金額にはなります。僕が保証します」

〈シャンティイー〉の磁器は預かってきました。

目立つ木箱なので量子さんに風呂敷を借りてそれに包んで旦那さんが持って、商店街を歩いて帰ってきました。

「わたしが持ちましょうか」

「いやいや」

旦那さんが笑います。

「大事なものだからねぇ。いくらで売れるかを聞いたら怖くてせいらちゃん持てなくなるよ」

そう、気になっていたんです。小声で訊きました。

「ちなみに、おいくらぐらいに？」

にやりと笑います。

「内緒だよ？」

「〈鋼鉄のセーラ〉ですから」

うん、って旦那さん頷きます。

「軽く見積もっても、一千万円は超えるね」

いっ。

いっせんまん！

「上手くいけばその倍の値がオークションでは付くかもしれないよ。それぐらい貴重な、価値のあるものなんだよせいらちゃん。単なるアンティークの磁器の枠を超えて、世界レベルの美術品として扱うべきものなんだ。量子さんの前では抑えてたけど、久しぶりに興奮したねぇ」

それは確かに興奮すると思います。

「この後、それはどうするんですか」

「兄貴のところに持っていくよ」

「お兄さん」

旦那さんの実家である朱雀家の跡取りの、国立美術芸術館機構の企画局長である、朱雀凌一郎さんですね。

「兄貴に話して、これが盗品などではなく、世に初めて出てきたものだとのお墨付きを貰うんだ。そうすることによって」

「〈権威〉の後ろ盾を得て、正々堂々とちゃんとしたオークションに掛けることができるんですね?」

そういうこと、って旦那さんが微笑みます。

「ただ時間は掛かるね。きちんとした海外のオークションの開催はスケジュールに沿って行われるから、量子さんの手元に現金が来るのはたぶん半年先になるだろうね。それまでは、しっかり頑張って暮らしてもらわないと」

それは大丈夫だと思います。今までもしっかりやってきたんですし、将来の希望が見えたんですから、耐えられるんではないかと。

「でも、旦那さん。〈ヴィネグレット〉の件はどうするんですか？」

〈怪盗セイント〉が盗んだと言われている〈ヴィネグレット〉。それも、旦那さんの手元にあります。

「そこはねぇ」

うーん、と唸りました。

「眠っていた品物だから、このまま眠らせても支障はないとは思うんだけど、手にしてしまった以上は調べなきゃ気が済まないね」

「そうですよね」

「でもねぇ」

そうですよね、ってまた繰り返してわたしが続けました。

「イギリスに行くわけにもいかないし、調べるのは難しいですよね」

〈怪盗セイント〉はイギリスの泥棒さんなんですから。そう言うと、旦那さんはわたしを見て、ちょっと真剣な顔をして、頷きました。

「せいらちゃんね」

「はい」

「明日、半休をあげるからね。午後一時からお休み」

お休みですか？

「別にいりませんけど」

働きたいです。

わたしは理容師の仕事が大好きで大好きでこの商売の世界に入ったんですから、むしろ休みなんかいらないぐらいです。

「毎日働いていたいです」

「いや、それはまぁわかるけれどもね。せいらちゃん本当に楽しそうに仕事しているから。でも、ちょっとお使いに行ってほしいと思ってね」

お使い。

「ひょっとして、朱雀家にですか？」

「いや、それは僕が自分で行ってくるよ。せいらちゃんにはね、セイさんのところに行ってほしいんだ」

セイさん。

「それは、どなたでしょうか」

「あれ？　まだ会ったことなかったっけ？」

「ないと思いますけど、どこのお店の人ですか」

お店じゃないんだ、って旦那さんは続けました。

「四丁目にマンションがあるでしょ。矢車《やぐるま》って」

「あぁ、はい」

あります。ちょっと大きめのマンション。

一丁目から四丁目まである〈花咲小路商店街〉ですけど、一丁目から三丁目まではちゃんとアーケードがあるのに、四丁目だけないんです。そしてお店の数も少ない。何でも大昔に火事があってそのときに四丁目のアーケードがなくなってしまったとか。

「そこの、オーナーさんだね。いっつも商店街を散歩している背の高い外国人のおじいちゃんを見たことないかな？」

あ、その人なら。

「ありますあります。眼の青い、銀髪の、とっても渋いロマンスグレーのおじいさんですよね。ステッキ持って散歩している」

「そうそう、そのおじいさん。ドネィタス・ウィリアム・スティヴンソンさん」

発音の難しいお名前ですね。そしてさすが鑑定士の旦那さんで、やっぱり外国語の発音が本格的です。

「スティヴンソンさん、でいいんですか？」

「日本名は矢車聖人《せいと》。帰化しているから国籍は日本なんだよ。皆にセイさんって呼ばれている」

「セイさんですね」

その人に、なんのお使いなんでしょうか。

旦那さんは、ちょっとだけ渋い顔をしました。

「〈怪盗セイント〉の正体は、実はそのセイさんじゃないかって疑われたこともあるんだよね」

え？

「だからね。〈ヴィネグレット〉を持っていって、セイさんに見せてほしいんだ」

「見せて、どうするんですか」

「どんな反応をするか、知りたいなと思ってねぇ」

ええっ？

五　シルバーボックスって？　何ですか？

「セイさんはね、ここ〈花咲小路商店街〉いちばんの名物男って感じかなぁ」

瑠夏《るか》ちゃんがジンジャーエールを一口飲んで、うん、って頷きながら言いました。

「名物男」

それは、文字通り町や地域で独特の存在として知られている男性ってことですよね。

「それを言うなら、名物男って感じの人が多いよね」

瑠夏ちゃんの隣ですばるちゃんが言います。

「〈ナイト〉の仁太《じんた》さんとか」

「そうしたら、淳《じゅん》ちゃん刑事さんってそうだよね」

淳ちゃん刑事さんのことは知ってます。一度髪を切りました。〈喫茶ナイト〉の仁太さんは商店街を歩いているところを見かけたことはありますが、まだ話したことはありません。

でも、そういう意味では、すばるちゃんも充分ここの名物男の部類に入るんじゃないかなぁ、ってお姉さんは思います。なんたってまだ高校生なのにこの〈カーポート・ウィート〉を経営しているんだから。

田沼《たぬま》瑠夏ちゃんと麦屋《むぎや》すばるちゃん。

わたしがここの〈花咲小路商店街〉に来てから初めてできた年下の友達。年下っていっても四つしか違わないけど。

すばるちゃんは学校が終わったらすぐに帰ってきてそのまま駐車場の受付けをしていて、中々髪を切りに来られないそうなんです。それで、わたしが〈バーバーひしおか〉に入ってすぐにこの〈シトロエン〉に出張で髪を切りに来てあげて、じゃあ瑠夏ちゃんもついでにって感じでカットしてあげて。それからときどきですけど、二人とお話をしに閉店後に遊びに来てるんです。

今夜はたまたま瑠夏ちゃんから、あんまり日本に入ってきていないイタリアのジンジャーエールを貰ったので旦那さんにどうですかってＬＩＮＥがあったんです。

瑠夏ちゃんのご実家の職業は〈田沼質店〉。今どきのものじゃなくて、本当に昔ながらの質屋さん。

どういうわけでかは知りませんけれど、ときどきそういう珍しい貰い物があるそうなんですよね。それじゃあ、と、一本頂きに来たついでに三人で飲みながらお喋りして。

さらについでに訊いてしまいました。

セイさんって、どんな人なのって。

それにしてもこのジンジャーエール、美味しいです。どうしてあまり日本に入ってきていないのか不思議なぐらいに。

「セイさんとうちのおばあちゃん、仲が良いんだよ」

瑠夏ちゃんです。

「そうなの？」

「年も近いし、おばあちゃん、セイさんの奥さんだった人とも友達だったって」

「奥さん」

セイさんの奥さんは日本人の方で、この辺の人だったとか。それでセイさんはここに住んで日本人になる決心をしたのだとか。だから、〈矢車〉という珍しい名字は奥さんの方の名字なんですね。

「私たちもそんなに知ってるわけじゃないけどね」

瑠夏ちゃんが言います。

「でも、何でセイさんのことを？」

すばるちゃんが訊きました。

「それは」

言えません。〈ヴィネグレット〉のことを広めてはマズいからです。

「外国の人の髪をほとんど切ったことないから」

きょとんとされました。

「あ、あのね、髪質って、人種で全然違うの」

「そうなんだ」

そうなんです。それは本当です。そもそも髪質って人それぞれではあるんですけど、やっぱり人種である程度の違いがあるそうなんです。

「ほら、セイさんの髪の毛ってものすっごくカッコいいきれいなロマンスグレーじゃない。ああいう人の髪の毛をぜひ切ってみたいけど、セイさんは〈バーバーひしおか〉に来たことないっていうから」

「あ、そうなんだ」

「来たことないの？」

「ないんですって」

瑠夏ちゃんが首を傾げました。

「じゃあ、セイさん、あのカッコいい髪形にしてるのは、どこでだろうね」

「そういえばセイさんっていつも髪形変わらないよね。髪が伸びてるのとかボサボサとか見たことないや」

すばるちゃんも言います。そうなんですか。セイさんは本当に英国紳士って皆が言ってますけどその通りなんですね。

「どこで切ってるんだろう？　知らない？」

二人で揃って首を横に振りました。

「あぁ、でもそういえば」

瑠夏ちゃんがちょっと考えるように頭を下に向けました。

「おばあちゃんが言ってた。セイさんは身嗜《みだしな》みってものは自分でやるから身嗜みなんだって言うって」

「自分で？」

「爪切りとか、そういうものにもちゃんとこだわっていて、自分に合ったいいものをイギリスから取り寄せているとか」

なるほど。

「でもまさか、自分で髪は切らないよね。切れないよね？」

瑠夏ちゃんがわたしに訊くけど。

「切って切れないことはないけどね」

でもそれは、わたしたちみたいにちゃんと髪を切る訓練をした人だけだと思うんですけど。


旦那さんがこの〈花咲小路商店街〉に住み始めたのは、つまりミミ子さんと結婚したのは三十年前です。

同じようにセイさんが奥さんと籍を入れて日本に帰化したのは四十年以上前。つまりほぼ三十年同じ町に住んでこの商店街で暮らしているのに、旦那さんとセイさんは全然親しくないそうです。

どうしてかと言うと、やっぱりセイさんが一度も髪を切りに来ないからです。矢車家は元々はこの辺りの地主さんで、セイさんや、亡くなった奥さんや一人娘である矢車亜弥《あや》さんなんかは商店会とは深い繋がりがあって、店主の皆さんと親しい良き隣人だそうです。〈バーバーひしおか〉の経営者であるミミ子さんも、セイさんのことはよく知っています。

でも、旦那さんは〈髪結いの亭主〉ですから商店会の集まりなんかとは無縁なんです。それでもお店に髪を切りに来てくれれば親しくもなれたんでしょうけど、セイさんは一度も髪を切りに来たことが、ない。

物を売ってるお店とか飲食店さんなんかは、セイさんはいつも利用しているそうで、皆が本当によく知ってるそうなんですけど。

「それも不思議よね」

わたしはまだ新参者なので全部のお店を回ってはいないんですけど、セイさんは四十年以上もここに住んでいるんですから一度ぐらい髪を切りに、髪じゃなくても髭だけでも剃りに来てくれてもいいのになって思います。

お昼から休みになってしまったので、旦那さんから持たされたものを手に、セイさんの家を訪ねることになりました。どうして旦那さんが自分で行かないんですかって訊いたら、まったく会ったことのない若い女の子のわたしの方が、いろんな意味でセイさんは率直に対応してくれると思うからだそうです。

電話もしないでいきなり行くのかと思ったらもちろんそんなことはなくて、ミミ子さんからセイさんに昨日の夜に電話したんだとか。

〈マンション矢車〉はこの辺りではちょっと大きめのマンションです。五階建てで一階には〈矢車英数塾〉。これはセイさんの娘さんの亜弥さんがやっている小さな塾ですって。亜弥さんにもまだわたしは会ったことありません。

最上階の五階にセイさんと、もう結婚している亜弥さん夫妻が別々の部屋に住んでいるそうです。

亜弥さんの夫さんは、三丁目の〈白銀皮革店〉の白銀克己さんなんですよね。克己さんは〈花咲小路商店会〉の若き会長さんなんですよ。克己さんは髪を切りに来てくれていますけど、気さくで明るくて楽しい人です。

（そっか、セイさんは克己さんのお義父さんなんだった）

エレベーターで五階まで上がります。一番右端の部屋に〈矢車聖人〉の表札。ちょっとドキドキしながらインターホンを押します。

「はい」

「あ、〈バーバーひしおか〉の谷岡《たにおか》せいらと申します」

はい、ってまた返事があって、ちょっと間が空いて鍵がカチャン、と音を立ててドアがゆっくりと開きました。

そこに、セイさんが微笑みを湛えて立っていました。白い柔らかそうな生地のワイシャツを着て、ベージュのきれいにプレスの利いたパンツを穿いています。夏の外国のリゾートにいるお金持ちみたいです。

背が高くて、スマートで、ロマンスグレーに青い瞳。

きっと少女漫画家が理想のイギリス人のおじいさんを描いたらセイさんになるんじゃないかって感じです。

「これはこれは、ようこそ」

「初めまして！」

セイさんは、ゆっくりとお辞儀をします。そのお辞儀の仕方も何だかとっても優雅で、思わず心の中で（執事！）と叫んでしまいました。

「セーラさん、でいいのかな」

「はい！」

びっくりしました。セイさんが〈せいら〉って呼ぶと〈セーラ〉って聞こえてそのまま英語の名前の発音です。

「さぁどうぞ。狭いところですがね」

「失礼します」

狭くなんかないです。普通のマンションではあるけれど、とてもゆったりした間取りで造られています。天井もちょっと普通より高いみたいだけど、これは最上階でオーナーさんの部屋だからかもしれないですね。

「紅茶でいいかな。それとも暑いのでアイス・ティーなどの方がいいか」

「あ、全然おかまいなくです」

「私は紅茶にしよう。一緒でいいかな」

「はい、すみませんありがとうございます」

セイさんの部屋はとてもなんていうか、英国です。ヨーロッパです。置いてあるチェストやソファや、壁に掛かっている絵なんかも、豪華って感じではないですけど、英国なんです。さすが英国人ってところでしょうか。

セイさんは美術にもとっても造詣《ぞうけい》が深いそうなんです。そういうのもあって〈怪盗セイント〉ではないかって疑われもしたそうなんですけど。

「匂いが気になるかな？」

「え？　いえ、全然」

セイさんがキッチンから紅茶のセット、ティーカップとティーポットをお盆に載せて持ってきて言いました。

「聞いているかもしれないが、私は真鍮《しんちゆう》の模型を作っているモデラーなのでね。向こうに作業をする部屋があるんだが、ときどき部屋の中が金属臭いと言われることもある」

「あ、そうなんですね」

そういえば、少しですけどそういう金属っぽい匂いもしますけど、気になるほどではないです。

ところでモデラーって、あのプラモデルを作る人のことでしょうか。でも真鍮ってことはプラモデルじゃないんですねきっと。

セイさんが紅茶をカップに淹れて、わたしの前に置いてくれます。

「ミミ子さんと凌次郎さんはお二人ともお元気かな？」

「はい。とっても元気です」

紅茶を一口飲み、セイさんは微笑んで頷きます。

「あのご夫婦はとても良い。おしどり夫婦という言葉があるが、まさにそれだ。花咲小路きってのおしどり夫婦だね」

「あ、わたしもそう思います」

本当に二人は仲が良いんです。一緒に暮らしているとそれはまるで空気のように伝わってきます。

「さて、今日は何か私にプレゼントしたいものがあるとか、ミミ子さんからの電話だったのだが」

「そうなんです」

そういうことに、したそうです。

旦那さんがミミ子さんにほんの少し嘘をついてもらったみたいです。まるで探偵が何かを調べるときみたいですけど、旦那さんがそうした方がいいって。よくわかりませんけど、旦那さんが言うんですからたぶんそうなんでしょう。ミミ子さんもそう言ってました。

　持ってきたものをトートバッグから出しました。

　ちゃんと箱にしまっておいたので本当にプレゼントに見えます。

「こちらなんです」

〈シルバーボックス〉って旦那さんは言っていました。

　純銀、もしくは金メッキされた銀製の箱のことを総称してそう言うそうです。ですからあの〈ヴィネグレット〉もシルバーボックスのひとつなんです。

　でも、セイさんに持ってきたのはそれじゃありません。持ってきたのは、カワイイ猫の形をした銀製のマッチケースです。あの擦って火を点けるマッチです。

　もちろん、こんなのわたしは初めて見ました。そもそもマッチなんか使ったことないですから。

「ほう」

　セイさんが嬉しそうに微笑んで手に取りました。

「ついこの間、息子さんの桔平さんがドイツから帰ってきたんですけど、蚤《のみ》の市で見つけて買ったんだそうです。桔平さんもご存じですよね？」

「もちろんだよ。彼が生まれたときから知っているとも。しばらく顔を合わせていないが、彼の制作したものは見ている。本当にいい職人になったものだ」

そうなんですね。わたしはまだ桔平さんの作った革製品をそんなには見たことありませんけど。

でも、桔平さんが買ってきたっていうのも実は嘘です。この猫ちゃんのマッチケースは旦那さんの私物だそうです。

「それで、自分は煙草を吸わないいし、こういう良いものはセイさんが持っていた方がいいって。バーミンガム製だと、旦那さんは言ってました」

「なるほど」

うむうむ、って感じで頷きながら、セイさんはマッチケースを手に取ってしげしげと眺めていました。

「ウェスタ、と呼ぶんだよ」

「ウェスタ？　ですか？」

そうなのだよ、ってセイさんは微笑みます。

「ローマ神話の炉の、つまり竈みたいなもののことだね。火を燃やすところだ。その炉の女神の名が〈Vesta〉と言うのだよ。そこから、こういうマッチケースのことをそう呼ぶようになったのだろうね。おそらくこれは十九世紀の後半のものだろう。このエングレーヴィングは実に見事だ。確かにいいものだよ」

すごい。エングレーヴィングって何のことかわからないんですけど、そこまでわかってしまうんですね。セイさんが美術関係に詳しいというのは本当のようです。まるで旦那さんみたいです。

「しかし、セーラさん」

「はい」

「私はアンティークのマーケットのことはよくは知らないが、これは然るべきところで売りに出せば、おそらくは十万円、いやオークションならば三十万円ぐらいの値が付くのではないか」

「えっ！　そんなにですか？」

うむ、ってセイさんは頷きます。

「まぁまったく関心のない人にとっては、ただの古びた銀製のマッチケースだ。蚤の市で一万円かそこらで売っていてもおかしくはないのだが、本当に頂いてもいいのかね？」

「はい、ぜひどうぞ、って言ってました。近頃は煙草を吸う人もマッチを使う人もほとんどいないからって」

確かにな、ってセイさんは苦笑しました。

「では、ありがたく頂いておこう。何か凌次郎さんにお礼を考えておかねばならないな」

そう言ってから、セイさんはほんの少し眼を細めてわたしを見ました。

「ところで、セーラさん」

「はい」

「その首に掛けている銀の鎖なんだが、それも何やら古そうなものに見えるのだが」

ちょっと驚きました。旦那さんの言った通りになりました。首に掛けているのはあの〈ヴィネグレット〉です。でも、本体は見えないように服の中に入れておいたんです。だからセイさんに見えているのは銀の鎖だけのはずなんですけど、きっとそこに眼を留めるって旦那さんは言ってたんです。

「あ、これは旦那さんに貰ったものなんです」

言いながら、〈ヴィネグレット〉を取り出しました。

「ふむ、ちょっと見せてもらってもいいかね？」

「どうぞどうぞ」

首から外して、セイさんにお渡ししました。セイさんは丁寧な手の動きで〈ヴィネグレット〉を受け取って、それから顔に近づけてじっくりと眺めています。

真剣な顔つきでした。初めて会ってからこの時間まででいちばん真剣な顔つきをしています。

「〈ヴィネグレット〉か」

セイさんが、小さく溜息をついたような気がします。

「凌次郎さんの私物だったのかな？」

「そうです」

「どこで手に入れたかは、セーラさんは知らないのだろうね」

はい、と頷きました。

「そこまでは聞いていません」

ここまでは、本当に旦那さんの言った通りの流れになっています。きっとセイさんはそんなふうに反応するだろうって。

セイさんが、にっこり微笑みました。

「実は私は、淩次郎さんとはほとんど話したことがないのだよ」

「旦那さんもそう言ってました。セイさんは髪を切りに来たことがないからまったく機会がないんだって。セイさん、髪の毛はどちらで切っているんでしょうか」

「髪か」

自分でちょっと髪の毛を触りました。

「これは、自分で切っているのだよ」

「え！」

びっくりです。

「ご自分で、鏡を見ながらですか?!」

「そういうことだね。元々手先が器用な性質でね。まぁだからモデラーなどという商売もやっていけるのだが」

それにしたって、髪の毛を鏡を見ながらここまできれいに整えられるっていうのは、わたしでもたぶん無理です。

「娘の亜弥の髪も、中学生ぐらいまでは私が整えていたね。まぁそもそもがそういう作業が好きなのだろう」

「きっとセイさん、理髪店に勤められます。すごいです！」

苦笑しました。

「まぁ〈バーバーひしおか〉さんには申し訳ないが、髪を切るお金の節約になることは確かだね。しかし、凌次郎さんは理容師の仕事はしていないと聞いているが」

「そうです。旦那さんは理容師ではないです」

「お店では何をしているのかね」

「仕事は、何もしていません」

「何も？」

「お掃除ぐらいはしますけれど、それだけです。だから〈髪結いの亭主〉って言われるんです。聞いたことありませんか？　本人も皆もそう言っているらしいんですけど」

ふむ、ってセイさんは苦笑して頷きます。

「確かにそれは聞いたことがあるが、まさか本当に何も仕事をしていないとは知らなかった。本当に何も？」

大きく頷きます。

「本当に何もしていません」

自信を持って言えます。そうなのか、ってセイさんは納得した後、マッチケースを持って言います。

「キッペイくんがこういうものを買ってきたり、このような〈ヴィネグレット〉を持っていたり、凌次郎さんは好きなのかね。西洋のアンティークが」

そもそも旦那さんがすごい鑑定士だっていうのもほとんど誰も知りません。秘密にしているわけじゃないですけど、誰かに伝える機会もないそうです。確かに西洋の美術品を日常で話題にすることはないですよね。

もしも、聞かれたら教えていいよって旦那さんは言ってました。そして、それを聞いたときのセイさんの反応をちゃんと見ていてね、とも。

「旦那さんは、実は鑑定士を趣味でやっているそうなんです」

「鑑定士、と？」

セイさんがほんの少し眉を顰めました。

「西洋美術品全般の鑑定士だそうです。わたしも、ついこの間初めて知って驚いたんですけど、旦那さん、なんと若い頃にはフランスのルーヴル美術館で働いていたこともあるそうです」

「ルーヴル美術館で？」

セイさん、今度は大きく驚いて、顎に手を当てて何かを考えるように首を傾げます。

「ルーヴルで〈鑑定士〉として働いていたと言ったのかね？」

「あ、〈学芸員〉ですね。〈キュレーター〉っていうんですってね。わたしは全然知らなかったんですけど」

これも、旦那さんから教えられました。鑑定士という職業ではないって。たぶんセイさんはそこをツッコんでくるって。

なるほどそうだったのか、ってセイさんは深く頷いています。

「確か凌次郎さんは婿《むこ》養子ではなかったかな。ミミ子さんのお父様である菱岡さんが亡くなって、その跡を凌次郎さんが継いでやっていると思っていたのだが」

「あ、違います。正確には、〈バーバーひしおか〉はミミ子さんがそのまま継いだので、旦那さんは婿入りしたわけではないんです」

「すると、凌次郎さんの名字は菱岡ではない」

「違います」

そうか、それもセイさんは知らなかったのですね。

「朱雀です。朱雀凌次郎。何でも東京の由緒ある家柄だそうですよ」

「朱雀凌次郎」

セイさんが旦那さんの名前を繰り返しました。

また、なるほど、と、小さく頷きます。

「ルーヴル美術館でキュレーターとして働いていたほどの人物ならば、確かな鑑定眼をお持ちなのも頷ける。この〈ヴィネグレット〉も実に素晴らしいものだ」

「これも、旦那さんはもしもオークションに出したらけっこうなお値段になるって言ってました」

「私もそう思うね。大事にするといい」

「セイさんも、美術には詳しいって皆が言っていたんですけれど」

いいや、と、セイさんは微笑みました。

「私は半可通《はんかつう》だよ。まぁモデラーという商売をやり始めたぐらいだから、様々な造形物、美術品ももちろんだが、そういうものに興味を持ち続けて勉強してきたというだけでね」

半可通、ってどういう意味かは後で調べますけどたぶん謙遜《けんそん》したんでしょうね。

「セーラさんは、〈バーバーひしおか〉で働き出してどれぐらいになったかな」

「半年が経ちました」

毎日が楽しくて、あっという間です。

「何でも飛び込みで働かせてほしいとやってきたと聞いたが」

「そうなんですよ」

自分でも強引だったなと今でも思っていますけど。

「本当に、あのお店の雰囲気に一目惚れというか、どうしてもここで働きたいと思ってしまって」

ふむ、って感じでセイさんは頷きます。

「プライベートなことを聞いてしまうが、お家は東京だったね」

「はい。母が実家にいます。実家と言っても借家なんですけど。父は、わたしがまだ小さい頃に死んでしまったので母とずっと二人で暮らしていました」

「谷岡さんというのは、お母さんの方の名字かな？」

「そうです」

セイさんが優しい笑顔でわたしを見ます。

「おじいさんが理髪店をやっていたので、自分も理容師になろうと決めたそうだ、とミミ子さんが前に話していたが、そうなのかね」

その通りです。

「母方の祖父です。三鷹《みたか》というところで小さな理髪店をやっていたんです。だから、そこが母の実家だったんですけど」

今は、その理髪店もありません。セイさんがちょっと首を傾げました。

「本当にこれは余計なことを聞いてしまうかもしれないが、お母さんは一人で暮らしていて大丈夫なのかね？　東京からここまでなら通うこともできないわけではないはずだが」

「あ、それはですね」

全然大丈夫です。

「実は母は最近、一年ほど前なんですけど、再婚しまして」

「あぁ」

なるほど、とセイさん頷きます。

「それならば、むしろ住み込みの方が、セーラさんもよかったわけか」

「そうなんですよ」

わたしの継父になった人はもちろんわたしのことを大切に思ってくれていますけれど、それでもやっぱり赤の他人の、中年のおじさんです。一緒に暮らすのはちょっとなぁと思っていました。

☆

「なるほどなるほど」

うんうん、って旦那さんは頷きます。

セイさんのお家から帰ってきて、少し仕事をして、そしてお店を閉めて晩ご飯を三人で一緒に食べます。

今夜はカツ丼にしました。カツはお総菜のものを買ってきたので後はとじるだけ

の簡単カツ丼です。ミミ子さんは料理上手だと思いますけど、わたしもそこそこで

きるんですよ料理は。

「やっぱりそういう反応になるかなぁ」

そういう反応っていうのが何を示しているのかわかりませんけれど、セイさんと

の会話を、そしてセイさんがどんな反応をしていたのかを事細かく話しました。

「でも、セイさん知らなかったのね。あなたの名字も」

ミミ子さんです。

「まぁそうだろうね。僕たちは結婚式もしなかったしね」

あ、しなかったんですね結婚式。その辺のこともまだ全然聞いていません。

「本当に話したことなかったんですね？　旦那さんとセイさん」

そうなんだよね、って旦那さん頷きます。

「何せお店に来てくれないから話しようもないしね。僕のことを他の人が話題にす

ることもそうそうないだろうから、話に聞くこともないだろうし」

そういうものでしょうか。まぁでも確かに旦那さんのことを話題にしても話が続

かないような気もします。

「でも、もう三十年も同じ町に住んでいるのに」

「顔は知っていても、他の人のことって意外と何も知らないものだよ。たとえば、

そうだなぁ、僕はあの花乃子《かのこ》さんの旦那さんのことを結婚するまでよく知らなかっ

た」

「花乃子さん」

　それは、二丁目のお花屋さんです。すっごく美人の花乃子さん。

「稲垣信哉《いながきしんや》さんね。確かにそうね」

　ミミ子さんも頷きました。

「そうそう、稲垣くんだったね。彼も子供の頃から商店街にはよく来ていたって言うけど、髪を切りに来たことがないから、全然知らないんだ。〈にらやま〉で働いている、えーと、めいちゃんだったか。あの子も顔も名前も知ってるけど、お店に来ないから他のことはよくわからないね」

「あ、めいちゃんですね」

　わたしは知ってます。めいちゃんは花乃子さんの従妹で、瑠夏ちゃんとも仲が良いので何度も会っています。

「ここで生まれて育った僕より若い人だったらね。たとえば靴屋の弘樹《ひろき》くんは、それこそ子供の頃からずっと髪を切りに来てくれているからよく知っているよね。花乃子さんにふられたことも」

「ふられたんですか？」

「そうなんだよ」

「それ、旦那さんが知ってるってことは、商店街の皆が知ってるってことになるんじゃないですか」

ミミ子さんも旦那さんも笑います。

「そうなるね」

それはキツイです。〈名取《なとり》靴店〉の弘樹さんですよね。

「この商店街で生まれて育った子供たちは、そうなっちゃうわね。何せ赤ん坊の頃からずっと皆で見守ってきているんだから」

「そうだねぇ」

そういうものなんですね。わたしはこんな商店街に住むのは初めてで、とっても楽しいんですけど。

「反面、皆に知られたくないことまで知られちゃうってこともあるんですね」

「そういうところはあるかもしれないわね」

ミミ子さんが微笑みます。

「でも、そういうところも含めて、やっぱりご近所づきあいが深い町って私は好きよ」

「わたしも好きです！」

まだ全然おつきあいのない人たちのお店にもどんどん行かなければって思います。

「あ、旦那さん」

首に掛けっ放しの〈ヴィネグレット〉を忘れていました。

「これ、壊しちゃったりしないうちにお返ししますね」

「あぁ、はいはい」

旦那さんが受け取ります。

その途端に、旦那さんの眼が急に細くなりました。〈ヴィネグレット〉を自分の眼の前に持っていきます。

「どうしました？　どこか壊れてました?!」

慌てて言うと、旦那さん、ゆっくりと首を横に振りました。

「いいや、違うよ」

「びっくりしましたぁ。そんな真剣な顔をするから」

「壊れてはいないけどねぇ、せいらちゃん」

「はい？」

旦那さんは唇をへの字にしました。

「これは、贋物だね」

え?!

六　サンプラーって？　何ですか？

贋物？

「ニセモノって、本物じゃないってことですか？」

旦那さんがちょっと待って、って感じで右手の平を広げてわたしに向けました。それから天井から下がっているペンダントに〈ヴィネグレット〉を近づけてさらに眼を細くして、じーっと見つめます。

裏返したり、蓋を開けたりして、まるで鑑定をするみたいにして見ています。

「いや、違うな」

「違う？」

ミミ子さんが心配そうな顔をして訊きます。

「贋物ではない。けれども違う」

思わずミミ子さんと顔を見合わせてしまいました。いったい旦那さんは何を言ってるんでしょう。

「いや、どういうことだ？」

こんな困ったような顔をしている旦那さんを見るのは初めてです。

「せいらちゃん」

「はい」

「セイさんはこれを手に取って、見たんだね？」

「見ました」

「その後、どこかへ持って行ったかい？」

「いいえ？　行ってません」

「ずっと手にしていた？」

　考えました。あの場面を思い出します。

「『どこで手に入れたかは、セーラさんは知らないのだろうね』って訊かれて、『そこまでは聞いていません』って答えて」

　それから。

「旦那さんの話になって、いろいろお話しして」

「そのときにこれはどこに？」

「しばらくセイさんが持っていて」

　そして、そう。

「セイさんは、話しながらゆっくりとそれをテーブルの上に置きました」

「テーブルの上に」

「はい。それでそのまま話していて」

わたしのことなんかを教えたり、セイさんは故郷のイギリスの話なんかもしてくれました。

「亜弥さんと克己さんにお子さんができたそうですよね！」

「あら、そうよ」

「もうそろそろ安定期かな？」

亜弥さんも克己さんも商店街の子供で、そして元地主のセイさんの娘と商店会会長のカップルですし、あの〈海の将軍〉のところで人前結婚式を挙げた第一号なんです。商店街の皆が赤ちゃんの誕生を楽しみにしているそうです。

「それで、これを機に〈白銀皮革店〉を〈マンション矢車〉の一階に移そうかって話があるそうなんですよ。一階にある塾を住居と店に改装して」

「ほう」

あら、って二人ともちょっと驚いて、にっこりしました。

「悪い話じゃないねぇ。塾は亜弥ちゃんが出産しちゃうと続けるのも難しくなるようだしね」

「そうよね。白銀さんのところは克己くんしかいないし、あそこは確か借地のはずだから、白銀さんが引退したとしても安心よね」

「四丁目には今、若向きの店ができているしねぇ」

そうなんです。アーケードのない四丁目は昔々の火事のせいもあって、商売をするお店が極端に少なかったんですけど、この頃は古い家を改装して、わりとマニアックな雑貨店とかができているんです。

「そういう話をしていたんだね？」

「あ、そうです」

「そのとき、ずっと〈ヴィネグレット〉はテーブルの上にあったんだね？」

「ありました」

そもそもわたしは首にネックレスをするなんて初めてだったから、うっかり忘れて帰るぐらいな感覚で。

「そろそろ帰ろうと思ったときに、セイさんに言われてテーブルから取って首に掛けました」

ふーむ、って旦那さんが腕を組みます。

「おトイレとか行った？　せいらちゃんは」

「行きません」

「テーブルからは離れなかった？」

「離れました。セイさんの仕事場をちょっと見せてもらったんですよ。スゴイですね！　モデラーってこういうことだったんだってびっくりしました」

精巧な金属製の車とかが並んでいたんです。あれを組み立てて、売るんですね。

「セイさんはけっこう有名なモデラーで、セイさんが作ったものならそのネームバリューだけで売れるんですよね」

「そうらしいわね」

ミミ子さんが頷きました。

「そのとき、一瞬でも一人になったかな」

「なりました。セイさんの作品を見ているときに、セイさんはキッチンに行ってまたお湯を沸かして、美味しいシフォンケーキがあるから食べようって」

「二、三分ぐらい」

考えました。

「たぶん、それぐらいです。すぐにセイさんは戻ってきて、そして二人で居間に戻ってケーキを食べたので」

「そうかぁ」

うーむ、って感心したように旦那さんは深く息を吐き出しました。

「そのときに、すり替えたんだなぁきっと」

「すり替えた？」

「セイさんが、すり替えたって言うの？」

ミミ子さんです。旦那さんは、〈ヴィネグレット〉をわたしとミミ子さんの方に向けました。

「セイさんのところに持っていく前と、今と、どこか違うところに気づかないかい？」

「ええ？」

二人でじっくり見たけれど、全然わかりません。前と同じ〈ヴィネグレット〉です。

「あ、でも」

「そうね」

二人で同時に言ってしまいました。

「ちょっと、表面の光沢が違うような」

「そうそう」

ミミ子さんと二人で同じことを考えたみたいです。旦那さんも、うん、って頷きました。

「そもそも銀製品は放っておくと曇ってしまうのは知ってるよね」

「知ってます」

確か、黒ずんできちゃうんですよね。

「その状態が、前のものとは少し違うんだ」

「違うんですか？」

全然わかりません。言われてじっくり見たから、そういえば光沢が少し違うかなって思ったぐらいで。

「でも、わたしが首に掛けたりしたから、少し変わったとかじゃないんですか？」

旦那さんが首を横に振りました。

「それぐらいで急に変わったりはしないよ。完璧に同じものだけど、わずかに表面の輝きが違う。たぶん比べれば細かな傷なんかも違っているはずだけど、比べようがないから、はっきりとは言えないんだけど」

「ちょっと待ってください旦那さん。セイさんがすり替えたって、それはつまり」

そう、って頷きました。

「セイさんが〈怪盗セイント〉だっていう証拠かもしれないね」

えええ！　です。

ミミ子さんも顔を顰めました。

「でもあなた、証拠もないのに。すり替えたっていうのも、あなたのその眼でしか判断できていないんでしょう？　これが精巧に作られたイミテーションと証明できるの？」

「できない」

旦那さんはきっぱりと言いました。

「仮に、前のものとこれを並べて置いて鑑定したとしても、僕はどっちが本物かを決められないかもしれないね。これをオークションに持っていっても、きっと世界中の鑑定士が本物だって認めると思うよ」

「それって」

「うん。究極の贋物かもしれない。でもね、せいらちゃん。世の中にはそういうものがけっこうあるんだよ」

「あるんですか?!」

「贋作師《がんさくし》、って聞いたことないかい？」

「なんか、マンガで読んだような気がします。贋物を作る人のことですよね？」

「そう。絵画なんかに多いね。その人が模写して描いた名画が、誰が見ても本物だと認定されて長い間誰も見抜けなかった、なんてこともあるんだよ」

「本物として、ずっと有名な美術館に展示されていたりもしたのよね」

ミミ子さんが頷きながら言いました。きっとミミ子さんも旦那さんからそういう話はいろいろ聞いているんですね。

「じゃあ、この〈ヴィネグレット〉は贋作師さんが作った贋物？」

「そう言いきれないのが困るけれど、もしもセイさんがすり替えたんなら、ひょっとしたらセイさんなら作れるのかもしれないねぇ」

「あっ」

セイさんは腕の良いモデラーです。

「金属のものなら」

「金属だけではなくてね。あらゆる美術品の贋作を。どうしてこの〈ヴィネグレット〉の贋作を作っておいたのかはさっぱりわからないけど。ただ、これはあくまでも僕の判断だけで、証拠は何もない」

「そもそもどうして〈怪盗セイント〉が盗んだものを、量子ちゃんのおばあちゃんが持っていたのかも謎よね」

「それは調べようもないけれど」

旦那さんが顔を顰めて少し考えました。

「しかし、こんな贋作を作っておいたということは、イギリス時代に何かがあって〈怪盗セイント〉の手を離れて、いつか取り戻すために精巧な贋作を作っておいた、ってことも考えられるね」

「それが、何十年も経ってここでですか?!」

びっくりです。そんな偶然ってあるんですか。

「いやあくまでも推測だよ。でも、贋作を作っておいた理由はそれぐらいしか思い当たらない」

ふぅ、って旦那さんは溜息をつきました。

「しかしこれは凄いなぁ。こんなものを作れてしまうのかぁ」

心底感心したように、旦那さんは言います。困ったふうじゃなくて、何だかちょっと嬉しそうでもあります。

「実はね、せいらちゃん」

「僕はね、セイさんが〈怪盗セイント〉であるという証拠を摑めるものなら摑んでほしいと頼まれているんだよ」

「えっ！」

それは。

「警察にですか？」

いやいやまさか、って旦那さんは首を横に振りました。

「警察が民間人の僕にそんなことを頼むはずがないよ。そうじゃない」

「じゃあ、ひょっとして、お兄さんとかにですか」

旦那さんのお兄さんである淩一郎さんは、国立美術芸術館機構というところの偉い人って言ってました。

「まぁ、はっきりは言えないんだけど、そんな感じかなぁ」

「感じですか」

苦笑いのような顔を旦那さんはします。

「せいらちゃんにはまったく関係のないことなんだけど、でも、せいらちゃんはうちのね、まるで娘のようにも思ってる大事な看板娘だから、知っておいてもらわなきゃなぁ、って思っていたんだ。今回のことは良い機会に、良い機会っていうのは変な表現だけどねぇ」

「何をですか」

　何を知らなきゃならないんでしょう。そして看板娘って恥ずかしいけどすっごく嬉しいです。娘のように思ってくださるのも本当に嬉しいです。わたしもここを自分の家みたいに思っちゃっているので。

「つまりだね」

　ううん！　って咳払いして旦那さんが続けます。

「あの三体の石像のようなね、世界的にも貴重な芸術作品が突然現れて、そしてセイさんのような〈怪盗セイント〉を思わせる人物がいるってことでね、この〈花咲小路商店街〉はね、世界中の美術関係の、わりと裏側の人間たちの間で常に注目されているんだよ」

「裏側」

「表立ってそうは言っていないけれど、美術品蒐集のために世界中を飛び回るハンターのような人たちだね」

　ハンターですか。

「狩人ですか」

「そう。たとえば野菜だって、世界中を飛び回って珍しい野菜を探す人もいるし、新しい野菜を開発したりもしているよね？」

「してますね」

「それと同じだよ。美術品や芸術品だって、まだどこかに埋もれている、あるいは盗まれたり持ち去られたりしているものを常に探して、自国のものにしようとしている人や国や機関は世界中にあるんだ」

なるほど、って思ってしまいました。確かに言われてみればそうです。

「それは、儲けるためじゃなくて貴重な芸術品の保護のためにも、ってこともあるんですよね？」

もちろん、って旦那さんは頷きます。

「決して非合法ではなくてね。まぁ案外ギリギリのことをする場合もなきにしもあらずだろうけどねぇ。この極東の国である日本の片隅にある〈花咲小路商店街〉に突然現れた〈怪盗セイント〉のお宝の、本当の真実を知りたいと、各国の美術界のハンターたちがずっと静かに動き続けているんだよ。それはもう、まるで007の映画みたいな感じにねぇ」

007。ジェームズ・ボンド。わたしは今のボンドのダニエル・クレイグが大好きです。〈スカイフォール〉は何度も観てます。

「スパイがたくさん入り込んでいるんですかこの〈花咲小路商店街〉に」

「いや、そこまでは言わないけれどね」

旦那さんが笑いました。

「深刻で物騒な話にはたぶんならないんだけど。でも、覚えておいてね。僕の周りやセイさんの周り、この商店街にはそういう美術関係のちょっと裏側で働く人間たちがうろうろしてるから、せいらちゃんにもかかわってくるかもってことをね」

ミミ子さんも頷きました。

そうですよね。そういうことなら、ミミ子さんも知っていたんですよね。それで、セイさんにちょっと嘘をついてまで、あのシルバーボックスをあげることに黙って協力したのもすっごく理解できました。

「じゃあ、これからもセイさんをマークするんですね」

いやいやいや、って旦那さんが笑いながら手をひらひらさせます。

「そんなことは考えなくていいんだよ。ただ、もしも美術品とか芸術品とか、そういうものの話を聞いたり、セイさんと会って話したりするようなことがあったのなら、そういうことがあるんだってことを忘れないでおいてってことだよ」

それと、って少し真面目な顔をします。

「このことは、誰にも言わないでね。たとえそれが淳ちゃんとかの、警察関係の人でもね。そしてこれはすごく大事なことだけど」

旦那さんが、ゆっくりと言いました。

「セイさんは、いい人だってことだよ。たとえその正体が〈怪盗セイント〉であったとしても、セイさんは紳士で、良き市民で、この町を愛していて、そして〈花咲小路商店街〉の皆がセイさんを大好きで、なくてはならない存在なんだってことをね」

☆

日本晴れって言うんですよね。雲ひとつない晴れ上がった空になった次の日ですけど、秋とかだったらすっごく嬉しいんですけど、朝からものすごく暑い日になりました。もちろんお店にはクーラーがありますけど、〈バーバーひしおか〉は正面がほとんど窓なので、ソファが置いてあるところはけっこう暑いんです。旦那さんはいつも平気な顔をしてそこに座って新聞や雑誌を読んでいますけど。

「いらっしゃいませ！」

「やぁどうも」

開店してすぐ、クリーム色のカンカン帽をひょいと脱いで入ってきたのは、四丁目にある〈万屋《よろずや》洋装店〉のご主人、万屋伸一《しんいち》さんです。

「暑いですねー。夏バテとかしてませんか」

「いやいや、この歳になると調子がいいも悪いも関係なくいつでもどっか悪いんだよ」

はっはっは、って品良く万屋さんが笑います。

万屋さん、もう八十近いおじいちゃんなんですけど、テーラーメイドの紳士服店をやっているだけあって、すごくお洒落なんですよね。クリーム色の開襟《かいきん》シャツに、黒の麻のパンツをサスペンダーで吊っています。わたしは、サスペンダーとパンツをこんなにお洒落に着こなしているお年寄りに会ったのは、万屋さんが初めてでした。

そして、髪の毛もふさふさなんです。白髪交じりですけど、全然薄くもなっていないんですよね。

椅子に座った万屋さんに訊きます。

「今日はいつものようにでいいですか？」

「あぁ、いいよ」

紳士服の職人さんですから髪の毛だっていつもピシッとスーツに似合う髪形に整えています。お髭も毎朝クラシカルに石鹼を泡立ててカミソリで剃っているそうですよ。

「お孫さん、あゆみちゃん、結婚が確かそろそろでしたっけ？」

ミミ子さんが訊きました。そうなんですね。わたしは初めて聞きました。万屋さんが嬉しそうに頷きます。

「十月だね。向こうの仕事の都合でね。こっちに帰ってくるのが来月になるんでね」

「こっち、って海外ででも仕事しているのかい？」

旦那さんはいつものように、ソファに座ったまま訊きました。

「東京の商社に勤務でね。半年とか一年とかの赴任が多いらしいんだよ」

「そりゃあ、忙しいねぇ」

「結婚したら、どうするのかしら。単身赴任になっちゃうの？　あゆみちゃんはお店を続けたいんでしょう？」

ミミ子さんが言うと、万屋さん、少し微笑みながら頷きました。

「本人は続けたいって言ってるんだがねぇ」

わたしもこの間知ったんですが、あゆみさんのご両親、つまり万屋さんの息子さん夫婦は昔に事故で亡くなられたそうです。それで万屋さんは孫のあゆみさんとずっと一緒に暮らしてきたんですよね。

そのあゆみさんも今では立派な仕立屋さんとして、おじいさんである万屋さんと一緒にお店をやっているんですけど。

「正直、二人で食ってくのもやっとでね。オーダーなんかほとんど入らずに、仕立て直しなんかで細々と食いつないでいる。私もいつコロッといくかわからんしね。旦那さんについていくのがいいって言ってるんだ」

そうですかぁ、と頷くことしかできません。

それなりに賑わっている〈花咲小路商店街〉ですけど、紳士服のオーダー自体が今はもうそんなに儲からない商売になっているって聞きます。ましてや万屋さんみたいに小さな個人商店は、キツイんでしょう。

「でも、もったいないですよね。万屋さん、店構えもクラシカルで本当に英国のお店みたいで素敵なのに」

本当にそうなんです。ちょっと前にイギリスの紳士服店がスパイの本部の映画がありましたけど、あんな感じなんです。

「あぁ、それでねぇ」

万屋さんが顔をちょっとだけ横に向けて旦那さんに言いました。

「淩次郎くんはさ、確か西洋の骨董品とかに詳しいんだったよね」

「はいはい」

旦那さん頷きます。万屋さんは知っていたんですね。

「家をね、いやまだあゆみとはちゃんと話していないのだけどね。いろいろと整理しようかと思ってね。片づけていたんだよ。あの子がお嫁に行くときにはそれなりのものを持たせてあげたいなとね」

うむうむ、って感じで旦那さんもミミ子さんも頷きます。

「それで、死んだ女房のものもいろいろ整理していたんだ。ほら、相当以前にレースのハンカチなんかを見てもらったろう。あゆみが小学校に上がる頃だったか」

「あれはいいものでしたねぇ。十八世紀のベルギーのものでしたよね」

「そうそう。それでね、今までしまったままになっていた女房の衣装ケースなんかを出して見ていたらね、ちょっとおもしろいものが出てきてね」

おもしろいものですか。

「ちょいと、散髪終わったら時間あるかなぁ凌次郎くん」

ついてきちゃいました。旦那さんが、勉強になるからおいでって。ミミ子さん一人にお店を任せるのはなんだと思うんですけど、でもわたしが来る前にはずっと一人でやっていたんですよね。

今日は定休日で〈万屋洋装店〉さんはお休み。お孫さんのあゆみさんも外出しているそうです。

「まぁ定休日ったって、今は毎日休みみたいなもんなんだけどな」

「オーダーは入っていないんですか」

旦那さんが訊くと、万屋さんが頷きます。

「仕立て直しとお直しが入っているだけだよ。新しいオーダーは、もう三ヶ月も入っていないなぁ」

三ヶ月ですか。それは、苦しいです。

「ちょっと、上がってくれよ」

亡くなった奥さんの部屋は二階にあるそうで、旦那さんと二人で万屋さんについて古い木の階段を上っていきます。外観や一階のお店は素敵な英国調のものだったんですけど、中は普通のお家でした。襖を開けて入ると、いろんな箱がそこに出されていました。

「すまないね、散らかしてしまって」

「いやいや」

「女房やね、それからあゆみの母親の衣装などもいろいろ残っているんだよ。そういうもので程度の良いものなら売れるだろう？」

「もちろんですよ」

旦那さんが頷きます。

「今はそういうのも流行りだしね。ねぇ？」

「そうですそうです。そのワンピースなんてすっごい素敵です」

本当です。奥さんか、娘さんのものかはわかりませんけど、まるで六〇年代のものみたいで今でも全然大丈夫です。

しかも、きちんと紙に包んで取ってあるんですね。さすが洋服屋さんです。

「その辺は、あゆみちゃんがわかるんですよね」

あぁ、って万屋さん頷きました。

「あの子が持っていきたいものは持たせてね。あとは、何だったか古着屋だかネットなんとかのオークションだかでできるとか言っていたね」

うん、お孫さんのあゆみさんは確か二十代半ばですからその辺は大丈夫でしょう。

「これなんだよ凌次郎くん」

万屋さんが薄い箱を手にして、蓋を開けました。

「ほう」

旦那さんの顔が綻《ほころ》びました。そこには、額に入った布がありました。

大きさは四十センチ角ぐらいでしょうか。すっかり古びた布なんですけれど、一面に刺繍《ししゅう》があります。周りには緑色の糸で葉っぱが、そして赤と黄色の糸で花が刺繍されています。下にはお屋敷と木があります。その次に鎖のような刺繍でぐるりと囲んであって、その中には英語の言葉が刺繍されています。

きっと変色しちゃっているんですけど、ものすごくきれいです。うっとりしちゃうぐらいに、スゴイ刺繍です。

うむうむ、って頷きながら旦那さんはじっくりと眺めています。

「私は仕立屋だがね、残念ながらこっち方面にはちょっと詳しくないんだ。確か刺繍というものも骨董品扱いだと思ったんだが」

「その通りですよ。立派な美術品ですよ」

「旦那さん、これはどういうものなんですか？」

旦那さんが額を手に取って、上に掲げました。

「これは、サンプラーというものなんだ。中でも古いものはバンド・サンプラーなどと呼ばれるけどね」

「サンプラー？」

「言葉通りの、〈見本〉だね。日本語で言うなら〈刺繍見本〉と素直にそのまま訳しちゃえばいいかな」

　刺繍見本。

　なるほどその通りです。

「これは文字も入っていますね」

「そう、だから見本なんだよ。せいらちゃん、ミシンっていつ頃広まったと思う？」

「ミシンですか」

　全然わかりません。

「十九世紀中頃なんだよ。つまり一八五〇年より少し前のことだね」

「一八五〇年」

「日本だと、ペリーがやってくる少し前の時代だね。ペリーは知ってるよね？」

「知ってます知ってます」

　それぐらいはわかります。

「日本にミシンがやってきたのはそれこそペリーが持ち込んだって話もあるんだよ」

「あ、そうなんですね」

「つまり、日本に限らず世界中どこでもミシンが発明されるまで、それ以前の時代というのは、服やらなんやらの布製品は全部手縫いだったわけだよね」

　確かに、そうなります。

「だから縫い物というのは女性の最も重要な仕事と言ってもよかった。刺繡や縫い物が上手なことがその女性の品格を高めるものでもあったし、裕福な家の女性は必ずと言っていいほど、刺繡や縫い物が上手だった。特に中世ヨーロッパではその技術を習得することも、上流階級の女の子の大事な必須科目だったわけだね」

なるほど！

「じゃあ、これが見本ってことは、裕福な家庭の女性が、女の子の練習のために作ったってことなんですね？」

「そういうことだよ。自分の得意なモチーフや家に伝わるものを刺繡して、自分の技術を示すという意味合いもあっただろうね。額に入れて飾ったりもしていたのさ」

うん、それならよくわかります。

「じゃあ、こうやって言葉が入っているのも」

「そう、教育が普及して文字を覚えることも、そしてその文字をカッコよく刺繡できることもひとつのステイタスだったんだ。オリジナルのデザインも含めてね。何よりも、聖書の一節や詩を刺繡することで、その人の教養の高さや、優れた芸術性をも示すことができる」

「スゴイですね！　歴史が眼でわかるような気がします」

そうなんだよそうなんだよ、って旦那さんが笑顔で大きく頷きました。

「骨董品、美術品というのは、それがそのまま人類の歴史の生き証人でもあるわけなんだ。美しいだけじゃないんだね。時代というものをそのまま残しているのが、美術品でもあるわけなんだ」

うむうむ、って万屋さんも頷いています。

「そして、このサンプラーですがね万屋さん」

「うん、どうだい」

「そもそもは奥様のものですね？」

「そう。覚えているよ。あいつは服飾の学校を出ているんだが、恩師の方に貰ったものだと言っていた」

ふむ、と旦那さん頷きます。

「サンプラーの価値の決め手はまずは何よりも状態が良いことなんですが、これはかなり良いですね。退色は確かにありますけれどひどいものではない。何よりも、刺繡できちんと年代が記録されていることが必要なんですけれど、ほら」

旦那さんが指さしました。

「ここに、このサンプラーを作った年代が刺繡されていますね。作った人の名前と場所もあります。完璧ですね」

「一七一一年ってなってますね」

「そう、十八世紀のものだね。場所はイギリス。なおかつこれが素晴らしいのは、このレイズド・ステッチ、つまり盛り上げるように刺繡した部分に使われているのは金糸《きんし》なんですよ。つまりかなり裕福な家の人の手によって作られたものですねぇ」

　ものすごく満足そうに旦那さんはサンプラーを見ています。

「万屋さん、これはちょっとお預かりしていいですかね。ここに刺繡されている文章が果たして何なのかも調べてみないと、最終的にどれぐらいの価値が出るかはわからないので。これはかなり古い英語みたいなんでね」

「もちろんだよ。それに、まだ売ろうなんて思ってはいないんだ。もしもあゆみが持っていたいというならそうしてあげるが、きちんと価値というものを知っておいた方がいいと思ってね」

　その通りですね、って旦那さんも頷きます。

「どんなものでもそうなのですが、価値を知らずに持っている人が本当に多いのですよ。もったいないです。そのものの真価を知れば人生がどんなに豊かになることか」


　その日の夜です。

　晩ご飯を食べた後にもすぐに自分の部屋に引っ込んで、旦那さんはずっとあのサンプラーを調べていたらしいのですが、十一時近くになった頃、わたしとミミ子さんがドラマを観ている居間に深刻そうな顔をしてやってきました。

「あ、ちょっと待って」

ミミ子さんです。

「もうドラマ終わるから」

「あぁ、はいはい」

旦那さんがゆっくりとサンプラーの額をテーブルに置いて、ソファに腰掛けました。ミミ子さんがテレビから眼を離さないまま、器用にお茶を旦那さんに淹れてあげます。

こういうの、いいなぁって思うんです。長年連れ添った二人だからこそできる空気。旦那さんとミミ子さんは本当にわたしの理想の夫婦像かもしれません。

ドラマが終わりました。

「はい、すみません。どうしたの」

「何かありました？　そのサンプラーに」

ミミ子さんと二人で訊きました。旦那さん、うん、と頷きながらお茶を飲みます。

「ここに書かれていた、いや刺繍されていた散文のようなものを訳してみたんだけどね」

「うん」

「これが古英語でね」

「こえいご？」

何でしょうそれは。

「古い英語だよ。アングロ・サクソン語などとも呼ばれるけれども、とにかく古い時代の英語なんだ。しかもこれは古ノルド語とかデーン語のようなものも交じったとにかくややこしい英語だったんだ」

よくわかりませんけれど、とにかく古くて難しかったんですね訳すのが。

「たとえて言えば平安時代の日本語に江戸言葉が交じっていたような感じなのね」

「そんな感じだよ」

「それはめんどくさいですね」

でもそんなのを訳せる旦那さんはスゴイです。きっとヨーロッパの言葉なら何にでも通じているんでしょうね。

「何とか訳してみたんだがね。これがまぁ」

溜息をつきました。

「呪いだったんだよ」

呪い、ですか。

七　呪いを解くってそういうことだったんですか

「呪いの言葉を刺繡したんですかこれ」

そう言うと、旦那さんがゆっくりと頷きます。

え、ちょっと待ってください。何だか急に柱時計のカチコチいう音が大きく聞こえてきたような。生暖かい風がどこかから吹いてきたような。気のせいですよね。

「呪いって、どんな呪いなの？」

ミミ子さんが訊きました。

「まぁ呪いなんだからね。誰かを不幸に陥れるものだよ」

旦那さんはサンプラーを額からゆっくりとテーブルの上に広げます。さっきまでものすごくきれいなものに見えていたのに、呪いの言葉なんて聞いてしまうと急に禍々しいものに見えてきちゃったりするので、人間って勝手です。

旦那さんが刺繡の文字の部分を指差しました。

「そもそもこのサンプラーを刺繡した人物は、エリザベス・ゲイルという女性。ゲールと発音する場合もあるかな。一七一一年と年も入っている。ググってみたけど歴史的に有名な人物にはいなかった」

「高貴そうなお名前ね」

「そうなんだよ。ゲールというのはもちろんアイルランドやスコットランドなんかのいわゆるケルト人のことを示す言葉でもあるし、ゲール語はケルト語派のことだね。一概には言えないけど由緒ある名前かもしれない」

「貴婦人ってことですね」

旦那さんは頷きました。

「さっきも言ったけど金糸を使っていることからも相当に裕福な家のご婦人なんだろう」

「貴族ですかね？」

訊いたら、頷きました。

「イギリスの図書館でも行って貴族の名鑑を調べていったらわかるかもしれないけど、日本では無理だね。もちろんただの裕福な商人の家かもしれないけど、とにかくお金持ちの女性だ。そしてもちろん教養も美意識もセンスもある女性だった。これだけの刺繍ができるんだから相当にスーパーな女性だったろうね」

「それなのに、呪いなのね？」

うむ、って旦那さん顔を顰めます。

「美術を知るためには当然その時代の文化や風習や流行、そういうものをきちんと理解しなきゃならないんだよね」

　わかるだろう？　って旦那さんは言います。わかります。

「浮世絵を語るには、江戸の風俗や文化のことに精通していないと語れませんよね。ただきれいねぇ、って感想なら何も知らなくていいんですけど」

「その通り。やっぱりせいらちゃんはいい職人さんになるよね」

「職人ですか」

　そうよ、ってミミ子さんが頷きます。

「理容師も美容師も、当然その時代の流行り廃《すた》りを知らなきゃならないわけでしょう？　その時代のどの年代の人にも似合う髪形や、そういうものをきちんと習得した方が絶対にいいわけだから」

「そうですね」

　髪形とファッションは密接に結びついています。わたしは理容師で基本は男性がメインのお客様だから、そんなに女性のファッションに詳しくなくてもいいんですけど、学校ではきちんと服装史とかも習います。

「だから、僕もね」

　とんとん、とサンプラーを指で叩きます。

「ヨーロッパの歴史や文化史、風習とか風俗、そういうものにも一応詳しいと自負しているよ。でもねぇ、専門ではないからこの当時の人がどういう思いでこんな呪いの言葉をこのサンプラーに込めたのか、わからないんだよなぁ」

「そもそもこれ、人に見せるために作ったものなのよね？　それに呪いの言葉ってどういうことなのかしら」

　ミミ子さんが言うと、ううん、って旦那さんも唇を歪めます。

「まるでわからない。サンプラーとして作ったけれど誰にも見せていなかったのかもしれない」

「こっそりと隠しておいたってことですか」

「うん、そうだね。ひょっとしたらこの呪いは、そうすることによって呪いの効果を発揮する手段だったのかもしれないね。日本にだってあるだろう？　呪いのわら人形を丑三《うしみ》つ時に神社の木に打ち付けるのは、人に見られてはいけないとか」

　ありますあります。

　そういうのは怖いけどけっこう好きなので、知ってます。

「訳したものを読むかい？」

　う、と、唸ってしまいました。

「知りたい気もしますけど、でも」

　わたしが言うと、ミミ子さんも頷きます。

「聞いたからどうだってものじゃないけど、何となく嫌ね」

「だろうね。まぁ、簡単に言うと、わからないんだけど何かの神様にお願いしていている言葉らしいんだ」

「何かの神様？」

「キリスト教じゃないね。たぶんキリスト教以前の、この女性の祖先が崇拝していた神々かな。古代ケルト人の神々かもしれないし、古いアイルランド神話の神々かもしれない。その辺は専門の人に訊いてみなきゃわからない」

「その神様に、誰かを呪った文章なんですね」

「でも、大昔のものよね。しかもここは日本だし。これが呪いの言葉だからって、万屋さんに教えなければそれでいいんじゃないかしら」

「それがねぇ、ミミ子」

旦那さんが思いっきり嫌そうに顔を顰めました。

「僕も無宗教だし、そもそも美術蒐集を趣味とする人間なんか墓掘り人と同じなんて言われているからね。呪いとかそんなものは気にしない人間ではあるけれどね。さっきはまだ言わなかったけど、ここから先の言葉なんだけどね」

旦那さんが指差します。

「どう訳せばいいかなぁ。僕は文才がないからなぁ」

「怖くないように教えて」

ミミ子さんです。それはちょっと無理なんじゃないでしょうか。

「『この家で永遠に永遠の愛を誓う者に永遠の眠りが永遠に訪れる』って言うとや

やこしいね。あぁ本当に僕は文才がないな。どう訳せばいいんだろうなぁ」

「永遠ばっかりですね」

　何だか早口言葉みたいです。

「きっと古い何かの言い回しなんだろうね。日本の祝詞《のりと》だってそうだよね。難しい節回しで読むけれども、言ってることはけっこう単純なんだ」

　ミミ子さんの顔色が変わったような気がしました。

「わかったわ」

「わかった？」

「それは、この家で夫婦になったものは必ず一緒に死ぬっていう呪いなのね？　そうなんじゃないの？」

　それは。怖過ぎです。旦那さんが頷きました。

「そういうふうにしか、思えないんだよね。『永遠に永遠の愛を誓う者』これはもう夫婦だよね。僕らも誓ったよね？」

　ミミ子さん、にこりと微笑みました。

「もちろんよ」

　ミミ子さん、なんかちょっと怖かったです。

「次に『永遠の眠りが永遠に訪れる』っていうのは、要するに死がずっと訪れるってことなんだよ。永遠にね」

確かに、そんな感じの呪いです。

「でも、教えなければ」

「いや、せいらちゃん、万屋さんの子供は、夫婦で事故死しているじゃないか」

「あっ！」

思わず大きな声が出ました。事故死。

「そうでした！」

ミミ子さんも悲しそうな顔をしました。

「そしてさ、ミミ子ね。韮山《にらやま》さんさ」

「あっ！」

ミミ子さんまでそんな大きな声を。

「韮山さんって、〈花の店にらやま〉さんですか？　花乃子さんの？」

「そうだよ。花乃子さんのご両親は夫婦で事故死しているんだけど、あの二人は結婚式のとき、万屋さんでウェディングドレスとモーニングを作っているんだよ。つまり、〈この家で永遠に永遠の愛を誓う者〉だったと解釈できるんだよ」

それは。

「旦那さんマズいですよ！　あゆみさんが、あそこのお孫さん結婚するんですよね？　まさか万屋さんで夫婦で」

旦那さんは、顔を顰めました。

「もしもこれを黙っているとしても、ミミ子、せいらちゃん。僕らの平穏な生活は守られると思うかい？」

思えません。

「絶対に思えませせん旦那さん」

「そうね」

ミミ子さんもちょっと震えながら言いました。

「黙っていることもできないかもしれないわね。かと言ってもあなた。これを万屋さんに伝えたとしても何にもできないわよね？　そんなバカなって笑ったとしても、もしも、もしもあゆみちゃんに何かあったとしたら」

「専門家はいないんですか旦那さん」

呪いの専門家です。

「この呪いを解くような専門家を旦那さん知ってるとか」

「いるわけがないだろうせいらちゃん。エクソシストじゃあるまいし。そもそもこれが何の呪いかもわからないし。せいぜいがどこかの神社に持ち込んで祈禱してもらうことぐらいしかできないよ」

はぁ、と、ミミ子さんも溜息をつきました。

「でも、それじゃ」

旦那さんが、ゆっくりと首を横に振った後、言いました。

「たったひとつ、方法があるかもしれないんだ」

思わずミミ子さんと二人で顔を見合わせました。

「どんな方法？」

「やりましょう！」

結婚する幸せな二人を守れるなら、何でもやるべきです。

「専門家を、呼ぶんだ」

「いや旦那さん。たった今専門家はいないって言ったじゃないですか」

「呪いの専門家はいなくても、盗む専門家はいる」

盗む？

「盗むって」

旦那さんが、人差し指を立てました。

「僕だって呪いなんか信じちゃいない。でも、事実として万屋さんに関わる夫婦の死が二件もある。もしかして調べたら他にも出てくるかもしれない。単なる偶然だったとしても、重なればそれは立派な呪いになってしまうんだ。だとしたら、その呪いを、盗む」

呪いを、盗む？

「実際、この世に呪いを盗んだ人物が一人いることを、僕は知っているんだよ」

まさか。

「〈怪盗セイント〉ですか！」

旦那さんが、頷きます。

「その通り。〈怪盗セイント〉は、過去に呪いを盗んだことがあるんだ。それも、結果的に女王を救ったんじゃないかというほどの、大きな〈呪いの絵画〉をね」

〈呪いの絵画〉ですか。

それは、ストレートに〈呪いの絵画〉って言うぐらいなんですから。

「それを所有した人に不幸が、死が訪れたっていうようなものですか？　その絵画を〈怪盗セイント〉が盗んだってことですか」

そう言うと、旦那さんは首をゆっくりと横に振りました。

「そういう単純なものじゃないんだよせいらちゃん。それなら〈呪いを盗んだ〉じゃなくて〈呪いの絵画を盗んだ〉になってしまうじゃないか」

「あ」

その通りですね。

「それならただの絵画泥棒でもできることさ。絵画泥棒が呪われたってざまぁみろってもんだよね。芸術を札束にしか見られないような連中は、皆呪われて死んでしまえばいいんだよ」

旦那さん、それはちょっと言い過ぎです。でも、旦那さんの美術芸術に対する熱いハートはわかりました。

「それじゃあ、セイントが盗んだ呪いっていうのは、どういうことなの？」

　ミミ子さんが訊きました。旦那さんは、うむ、って感じで頷いて、自慢の髭をいじります。

「ミミ子は知ってるだろうけど、せいらちゃん、〈ロイヤル・コレクション〉っていうのは聞いたことあるかな？」

〈ロイヤル・コレクション〉ですか。

「そう言うからには、英国王室の美術品のコレクションってことですね？」

　それぐらいは、わかります。

「その通り。英国王室、つまりイギリス王室が所有する、文字通りの美術品のコレクションのことだね」

「聞くだけでものすごそうですよね英国王室の美術品って」

　すごいんだよ！　って旦那さんも力強く頷きました。

「文字通り、王室の私的な財産でね。それを管理しているのは英国王立所蔵品協会ってところなんだ。そこにはねせいらちゃん、二十万点もの絵画や版画や写真、陶磁器やら室内調度品やら書物やら、とにかくありとあらゆる美術品があるんだ。まさに絢爛《けんらん》豪華な美術芸術品の宝物庫のようなものだよ」

「ものすごいですね！」

「ものすごいんだよ。お金の話をするのは野暮ってものだけど、その金銭的な価値はね、もうもう計り知れないんだ。一説によれば日本円にすると、五十兆円を超えるんじゃないかって言われている」

「五十兆円！」

それが一体どれだけのお金なのか、想像もつかないというか、考えられません。脳が考えることを拒否するぐらいの金額じゃないですか。

「それは旦那さん、わたしたちも観られるものなんですか？」

「もちろん、一般公開されているものもあるよ。王族の皆さんが住んでいない宮殿や、その他の建物、たとえば一般公開されているお城なんかに収蔵展示して、一般の人も観られるようにすることもある。その他にも英国王室ゆかりのあちこちで展示されることもあるね。その入場料の収益も王室の収入になっているんだ」

なるほど。英国王室はしっかり稼いでいるんですね。

「そしてだね」

旦那さんがちょっと顔を顰めます。

「そのコレクションっていうのは、ほぼ全部がおおよそ十六世紀以降のものなんだね」

「十六世紀」

つまり、大体は一五〇〇年以降のものってことですね。

「それは、十七世紀の英国王であるチャールズ一世が芸術を理解し庇護《ひご》する良き王様でね。彼が集めたものがコレクションの大本のものだと言っていいからなんだ。しかし、その中にだね、時代的には少し前になるんだけど、チャールズ一世の五代前の王だったヘンリー八世が、それだけは残しておいたと言われる絵画があるんだけど」

「その絵画が〈呪いの絵画〉ですか」

そうなんだ、って旦那さんが頷きます。

「それはね、アン王妃の肖像画と言われているんだ。しかも、血染めの。〈ブラッディー・アン〉と俗称されている〈呪いの肖像画〉だね。作者は不明なんだけど、描かれたのは十六世紀で間違いないんだ」

アン王妃？

〈ブラッディー・アン〉？

「血染め、ですか」

「血染め、だね」

それは、イヤですね。

「説明すると本当に長くなっちゃうんだけど。何せ英国王室の歴史から始めなきゃならないから」

「簡単にしておいてね」

ミミ子さんが言います。

「その辺の王室の歴史って、人間関係が入り組んじゃって本当にもうとんでもなく複雑よね」

「複雑なんだよ」

旦那さんさらに顔を顰めました。

わたしはそんなに、っていうかまったく詳しくなくて、英国王室で顔を知ってると言えば、ダイアナ妃とエリザベス二世だけなんですけど、そうなんですね。

「ここでいうアン王妃っていうのはね、せいらちゃん」

「はい」

「要するにヘンリー八世のお妾さんだったんだよ。よくある話だけどね」

そんな感じなんだろうと思っていました。

「まぁ彼女がお妾さんになったのにもいろいろ深謀遠慮というか、陰謀があったようでね。ヘンリー八世に男の世継ぎが生まれなかったので、何とか彼女に男の子を産ませようとして誰かが送り込んだらしいんだけど」

「誰がですか？」

「彼女の生家、まぁ家族だろうね。一応は貴族だったはずだから」

なるほど。

「貴族が成り上がりたかったので、政略結婚というか、娘を使って王様に取り入ろうと」

「そうそう。そういうよくある話」

お決まりのパターンですよね。

「それで、彼女はうまいことやったのかどうか正確なところはわからないけれど、結局お世継ぎになる男の子は産めなかったんだけど、王妃にはなったんだ」

「なったんですね」

「けれどもだね、何だかね、まぁ口にするのも憚《はばか》られるような姦通とかいろいろな激しいことや危ないことをやったとされて、最後には処刑されてしまった王妃なんだね。しかも当時の処刑方法だから首をバッサリだよね」

バッサリ、ですか。

「ギロチンですか」

「話では、剣だか斧だか、その辺り」

想像もしたくないです。

「じゃあ、希代の悪女というか、そういう人だったんですか」

旦那さんが首を傾げました。

「本当のところはね、どうなのかわからないんだ。何せ正確な資料がほとんど残っていないんだから」

「え、でも」

ミミ子さんです。

「王妃だったんでしょう、その人は」

「そうだよ」

「それなのに、資料が残っていないの？」

「そう思うよね普通は。王妃にまでなったんだから記録とかそれこそ肖像画とかそういうものがあって然るべきなのに、彼女の場合はほとんどないんだよ」

「でも、さっき〈呪いの肖像画〉は、そのアン王妃の肖像画って言いましたよね」

　まぁ待ちなさい、って感じで旦那さんが右手の平を広げてわたしに向けました。

「たぶんでしかないんだけど、彼女の肖像画も資料もほとんど全てが当時に消し去られたみたいなんだね。その時代のことだから、敵対勢力が本当に彼女のことを王室の歴史から消し去ろうとしたんじゃないのかな」

「権力争いとか、ですか」

「それもあっただろうし、彼女は淫婦とも妖婦とも、魔女とも言われたらしいんだね。だからかもしれない。王妃が魔女とかそんな女だったなんて、対外的にも歴史的にもとんでもない話だからね」

　そもそも魔女はいないと思うんですけど、昔のことだからそこはしょうがないんですねきっと。

「本当のところはどうなのかは、たぶん歴史の専門家でも一次資料がほとんどないんだからお手上げだろうね。でもね、結局は彼女が、アン王妃が産んだ娘が、イングランド女王の、かの〈エリザベス一世〉になるんだよ」

エリザベス一世なら、わたしだって名前ぐらいは知っています。

「じゃあ、女王のお母様だったたんじゃないですか」

「その通り」

「そんな人も処刑されちゃうんですね？」

「されちゃうんだね。その辺も含めて、彼女のやってきたことはたぶんそんなに悪いことではなかったんじゃないかって、僕は個人的には思っているんだけどね」

どこの国の歴史もそうですけど、後の世に残されるのは勝者の歴史って学校の藤《ふじ》田《た》先生が言ってました。勝者が勝手に自分の都合のいいように書き換えてしまうものなんだって。それは、実はこんなにも情報が発達した現代においてもそうなんだって。

だから、それが本当に事実なのかどうかはわからない。自分の眼で見て、考えて、しっかりと判断していきなさいって教えられました。

「ひょっとしてそのアン王妃って、最近というか、少し前に映画になった人かしら？」

ミミ子さんが言いました。

「そうそう、『ブーリン家の姉妹』だね」

「あ、聞いたことあります」

十年ぐらい前ですよね。公開されたのは。

「アン王妃はアン・ブーリンって言うんだよ。その映画ではナタリー・ポートマンがアンを、彼女の妹と言われている、その辺もはっきりしなくて姉かもしれないけれど、メアリー・ブーリンをスカーレット・ヨハンソンが演じているね」

「ものすごい豪華な顔合わせじゃないですか」

「まさしく豪華競演だね。美しかったよ二人とも。映画もなかなかおもしろかった」

今度どこかでＤＶＤ見つけて観てみます。

「それで、アン王妃の肖像画などはほとんど現存していないと言われているんだ。でも、いつだったかな、ひょっとしたらこれが彼女じゃないかって絵が発見されたんだけれど、何せ他の資料がないんだから特定のしようもない」

「そうですね」

「でもね、さっき言ったように、ヘンリー八世がつまり彼女の元夫が残したと言われるある女性、アン王妃ではないかと言われている肖像画はあるんだ。アン王妃は、城の前の広場で大勢が見ている前で斬首されたらしいんだけどね」

「ひどいですね」

「昔はそんなもんだったんだよ。処刑はどこの国でもほとんど公開処刑だよ。日本だってそうだったろう？　江戸時代なんかは、刑場で生首を晒《さら》したりもしたろう？」

そうでした。時代劇で見たことあります。

「その斬首されたアン王妃の首を包んだのが、何故か当時カンバスに使われていた布で、当然のようにそれは血で染まって真っ赤になった。その真っ赤になったのをカンバスにして描いた肖像画が〈呪いの肖像画〉と呼ばれたある女性の肖像画なんだよ。だから、その肖像画もアン王妃ではないかって言われている。門外不出の、〈ロイヤル・コレクション〉の中でも一切外に出されない、リストにさえ残らない絵画と言われていた」

「つまり、生首を包んだ血まみれの布に描かれた肖像画」

ミミ子さんがものすごくイヤそうな顔をして言いました。わたしも、イヤです。

「誰が描いたんですか。そんな趣味の悪いものを」

「誰かは、まったくわからない。ただ、ヘンリー八世とも言われているし、アン王妃の兄弟とも言われている」

「どうしてそれが後世にまで残っているの？」

旦那さんが口髭をさすります。

「お決まりのパターンかな。それを処分しようとした人間が、揃ってその場で病気になったり死んだりした、と。それで〈呪いの肖像画〉となって、誰も一切触ろうともしなくなった。触ろうともしないし、呪いが恐くて触れないものだから、最後に置かれた場所にずっとあった、と」

「どこにですか？」

旦那さんが首を横に振りました。

「わからないんだよ。王宮か、どこかのお城か。でも、とにかく王室の人間もしくは近い関係者であれば、誰でも触れられるような、もしくは見られるような場所に飾ってあったことは間違いないと思うんだけどね」

「ちょ、ちょっと待ってください旦那さん」

「なんだい」

「誰も触ろうとしなかったその〈ブラッディー・アン〉という〈呪いの肖像画〉ですけど、それは本当に血染めだったんですか？　それは科学的な検査とかしないと、本当に血染めかどうかはわからないですよね？」

その通り、って旦那さんが頷きます。

「公《おおやけ》にはなっていないけれど、一九七〇年代になって科学的な検査が行われたらしい。密かに王宮内でね」

旦那さんが嫌そうな顔をしました。

「まさか」

「まさか、なんだよ。間違いなくその絵のカンバスからは血液反応が出たんだけど、その検査をした人間たちにはもれなく不幸が訪れたらしい。まぁそれも風の便りなんだけれど、でも血液反応が出たのは確からしいよ。ここまでも、それからここから先の話も表にはまったく出てきていない話。じゃあ誰がこの話をしたのか、どうして僕が知ってるのかってなると」

「美術界で裏の仕事をしている人たちですね？」

「まぁ裏、と人に言われると僕たちがまるで仕事人みたいな気持ちになっちゃうけど、そうだね。各国の美術界で公に動いているというよりは、こっそり動いている美術品ハンターみたいな人たちだよ。英国王室のその〈呪いの肖像画〉の話は、王室関係者の間で大昔から囁かれていたから公然の秘密みたいになっていたんだけれど、それがはっきりとこうして僕らの耳にも届いてきたのは、どんな理由かって言うと」

旦那さんが、一拍間を置きました。

「かのダイアナ妃だよ」

あっ、と、思わずわたしもミミ子さんも声を出してしまいました。

「そういえばダイアナ妃って」

そうなんだよ、って旦那さんも頷きます。

「あれほど大騒ぎして結ばれたはずなのに、急にチャールズ皇太子との関係が悪化してしまって、それからはダイアナ妃は、本当かどうかはわからないけれど、恋多き女になってしまって、二股やってたとかいろいろ噂があったよね。まるで人が変わってしまったみたいに。それも何となく本当っぽいんだけど」

「そして、イギリスじゃなくて、パリでの恋人との事故死よね」

ミミ子さんが言います。

「その通り。イギリスではなく、フランスだったね」

旦那さんが、眼を細めてわたしたちを見て、また重々しい感じで言います。

「実はね、アン王妃は、元々はフランス宮廷にいた人なんだ」

「本当ですか！」

「これはもう間違いのない事実。むしろ、向こうが地元と言ってもいいぐらいなんだ。そしてだね、〈呪いの肖像画〉たる〈ブラッディー・アン〉の肖像画は、ダイアナ妃が何故か気に入って自分のところに置いたという話があるんだ。風聞だけどね。それが、ちょうどチャールズ皇太子との関係が悪化したときと重なっているんだよ」

何てことでしょう。

「偶然じゃないのっていうのはきっと関係者の誰もが言ったんでしょうね。でも、否定する人間の方が多いんでしょう？」

ミミ子さんです。

「その他にもいろいろあるらしいよ。たまたまダイアナ妃の件は、いちばん近い〈呪い〉の発現だったようで、昔っから王室に女性スキャンダルや様々な醜聞が起こったときに、何故かそこに〈呪いの肖像画〉があったようなんだ」

「じゃあ、それを〈怪盗セイント〉は」

そうなんだ、って旦那さんは大きく頷きます。

「あくまでも、噂だよ。僕たちだって確かめたわけじゃないし、確かめられるはずもない。その〈呪いの肖像画〉でダイアナ妃が命を落としたんじゃないかと噂されたときに、もっとも心を痛めたのは女王だったたって話だ。そして、女王が直々に〈怪盗セイント〉に依頼したんじゃないか、とも噂されているんだ」

「〈呪いの肖像画〉を盗むことを」

「違う違う。〈呪い〉を何とかすることを、だ。ただ盗んだところでその呪いが誰かに移ってしまうんじゃあどうしようもない。何とかならないのか、と」

「どうして、女王が〈怪盗セイント〉に手蔓《てづる》を持っていたの？　そう言っては申し訳ないけど、表向きにはただの美術品泥棒でしょう？　女王が直接だなんて」

「そこは、まったくわからないね」

旦那さんも首を捻りました。

「とにかく、〈怪盗セイント〉は女王の依頼を受けて、〈呪い〉を盗んだんだ、と、噂されている」

「それは、どうやって」

ミミ子さんと二人で身を乗り出してしまいました。

「それも、はっきりとはわからない」

「わからないんですか」

「わからないさ。何せ〈怪盗セイント〉のやることだよ。日本人は知らないし本国のイギリスでも公にはされていないけれど、彼は衆人環視の中で誰にもわからないように美術品を盗むような、それこそ怪人二十面相のような怪盗だよ。話では何十人ものイギリス警察の眼の前で盗まれたこともあるらしいからね」

スゴイですね〈怪盗セイント〉。

「ただね、推測はされている」

推測、ですか。

「どうして推測できたの？」

「それは簡単なことさ。あるオークションに一枚の絵画が出品された。英国王室に関わる人物が描いたとされる、これも王室に関係のある女性だという肖像画がね」

「まさか」

それが〈呪いの肖像画〉だったとか。

そう訊いたら、旦那さんが頷きます。

「王室関係者の証言によると、間違いなく王室で〈呪いの肖像画〉と呼ばれていた〈ブラッディー・アン〉の肖像画だとね。ただし」

「ただし？」

「背景の色が変わっていた」

「変わっていた？」

うむ、って旦那さんが頷きます。

「真っ赤というか、鉄錆色かな？　何せ生首を包んだカンバスと言われているぐらいだからね。血が変色して鉄錆色だったカンバスが、それはもうそれこそ藤田嗣治《つぐはる》の絵を彷彿《ほうふつ》とさせるようなきれいな乳白色になっていた、と。しかも、様々な現代科学を駆使した検査で鑑定をした結果、その絵は全てが、カンバスもその乳白色の絵の具も含めて、間違いなく十六世紀頃のものだった、と」

「え、差し替えたってことなの？」

ミミ子さんが訊きます。

「違う違う。差し替えるも何も、その肖像画は十六世紀に描かれてそのままずっとあったものだと、科学的にも証明されたってことさ」

全然わかりません。

「〈怪盗セイント〉は、〈呪いの肖像画〉をそのままそっくり、〈普通の肖像画〉に変えてしまったってことですか？」

「そういうことになるんじゃないか、と」

「贋作を描いたってことなのかしら」

「今の美術品鑑定技術を嘗《な》めちゃいけないよミミ子。細かく言ってもあれだけど、質量分析法というのがあってね。炭素とは異なる構造形式で炭素よりも質量があって放射性のある炭素14、炭素12など、違いのある個々の原子を検出して」

「わかったわ、その説明はもういいわ」

難しそうです。

「つまり絵画には炭素の記録が隠されているんだよ。それによってきちんと年代が特定できる。あらゆる観点から、その絵は間違いなく十六世紀頃に誰かの手で描かれたものと鑑定されている。百パーセント間違いなく、なんだよ」

ミミ子さんと顔を見合わせてしまいました。

「もし贋作だとしたら、どうやればそういうことができるの。あなたは鑑定士でしょ？　その辺にも詳しいのよね」

「詳しいけれど、わからないね」

「わからないんですか」

旦那さんが悔しそうにします。

「十六世紀頃のカンバスを手に入れること自体がまず難しい。よしんば手に入れても、間違いなくその時代のカンバスであると確認するための機器機材を用意することも素人には難しい。その頃に使われていた絵の具とまったく同じ成分のものを揃えることも難しいけれど、全てが不可能というわけじゃない。できないことじゃないんだよ」

そうなんですね。

「けれども、難しい条件を全部クリアして、それを〈怪盗セイント〉がやってのけて、まったく新しい〈ブラッディー・アン〉の肖像画を描いたとしても、五百年という時間を、絵の具の経年劣化を百パーセント完全に表現することは、絶対に不可能なんだ。現代科学はそんなものを易々と見抜いてしまう」

「じゃあ、その絵は、本当に間違いなく十六世紀に描かれた〈ブラッディー・アン〉だったと」

その通り、と、旦那さんは頷きました。

「もうブラッディーじゃなくなっていたから、今では〈ホワイト・アン〉と呼ばれているけどね」

「それで〈呪い〉も消えてしまったってことなんですか!」

むぅ、と、旦那さんは唸るようにして腕を組みました。

「そのオークションは十五年ほど前の話だけどね。少なくとも、そのオークションで肖像画に触れた人間や見た人間や購入した人間は、全員今も生きているし、何かトラブルがあったという話もまったくないよ。何よりも、王室関係者の証言で、〈ブラッディー・アン〉はもう王宮関係のどこにも存在していない、というのがある」

ミミ子さんもわたしも大きく溜息をついてしまいました。

「何か、壮大な話で、わかるような、わからないような」

「本当ですね」

あれです。

「キツネにつままれたような話って、そういうのを言うんじゃないですか?」

「まさしくその通り。〈怪盗セイント〉はね、英国王室を救うと同時に、何百人もの美術関係の猛者たちを煙に巻いてしまったようなものなんだ。とにかく〈怪盗セイント〉は〈ブラッディー・アン〉を何らかの方法で〈ホワイト・アン〉にしてしまったんだ。その結果として呪いは消えたとしか言えないんだ。だから」

そうです。このサンプラーです。

「これを、〈怪盗セイント〉に渡して、何とか呪いの言葉を消してくれって」

旦那さんは頷きます。

「できるのかなぁ」

「同じように、昔のものとまったく同じものを新しく作っちゃうのかしら。この刺繡を」

「セイントは刺繡もできるんですかね」

想像しちゃいました。

もちろん、そうと決まっているわけじゃないんですけど、セイさんがこのサンプラーを手にしてちくちくと刺繡をしているところを。

「でも、そうなると」

ミミ子さんがサンプラーを見ました。

「一七一一年頃の糸を用意して、まったく同じものだけれど、違う言葉に変えて刺繍し直すことで、この呪いが解けるって解釈すればいいのかしら」

「わからない。他にどんな方法があるのかね」

「一七一一年頃の糸なんか、入手できないですよね」

「無理だろうね。そんなものは残っているはずがない。その頃と同じ製法で、同じ材料を使って糸を作るところから始めたとしても、さてそれで僕らは呪いが消えたと納得できるかどうかってことなんだけどね」

うう－ん、と、わたしもミミ子さんも唸ってしまいました。

「そもそも、〈怪盗セイント〉は」

ミミ子さんが言って旦那さんを見ます。旦那さんも、頷きます。

「セイさんかどうかもわからないけどね」

「セイさんに訊いたって、頷くはずないですよね」

「だろうね」

これは、問題です。

「深刻な話？」

突然声が降ってきたと思ったら、桔平さんです。

「びっくりしたぁ！」

思わずミミ子さんと二人で声を上げてしまいました。

「いや、実の息子が帰ってきただけでそんなに驚かれても」

桔平さんが笑いながら、ソファに腰掛けます。桔平さんどこに行っていたんでしょうか。

「音も何も立てないんだもの」

「ただいまー、って言ったよ。でも何の反応もないから何をしてるのかと思ったら」

桔平さんが、旦那さんの湯飲みを取って、お茶を一口飲みます。

「お茶？　紅茶？　コーヒー？」

ミミ子さんが訊きました。

「あ、紅茶がいいかな」

「わたし、やります」

「いいわよ。座ってて」

ミミ子さんが台所に向かいました。桔平さんが、テーブルの上のサンプラーを見て、そっと手に取りました。

「これは、刺繍？」

「サンプラーって言うんですって」

旦那さんに教えてもらったことを、桔平さんに伝えると、なるほど、って頷きました。もちろんサンプラーとは、ってことと万屋さんから預かったってことだけで、今話していた呪いの云々は省きました。

「向こうでは見たことあるよ。よく家の壁に額に入れて飾ってある。そういう由来のものなんだね」

　桔平さんはヨーロッパのあちこちに住んでいたことのある革職人さんですから、こういうものにも興味はあるんじゃないでしょうか。

　何か感心しながらじっと見ています。

「すごいなぁこの技術。素人さんの作品なのよね？」

「おそらくはね」

「素人の女性がこれだけの技術を持っているんだから、昔の人は本当に手習いというものをきっちり教え込まれたんだよね代々」

「日本だってね」

　ミミ子さんが紅茶のカップを持ってきながら言います。

「母親から娘へ、きちんとそういうものを伝えていた時代はあったのよ。今はそんな時代じゃないんでしょうけどね」

「裁縫なんて誰もやらないしね。これ、取引きしたらけっこうな金額になるんじゃないの？」

「なるねもちろん」

　旦那さんが頷きます。

「じゃあ、ちょうどいい嫁入り道具になるかもね。売ってしまえばいいんだし。セイさんのところに持っていったら？」

「え？」

旦那さんもミミ子さんも思わず眼を少し丸くしました。サンプラーとは何か、と万屋さんから預かったことを説明しただけで、セイさんのことなんか一言も言ってません。もちろん〈怪盗セイント〉のことも。

そもそも桔平さんは〈怪盗セイント〉のことを知っているんでしょうか。

「どうしてセイさんに」

「だって、セイさんと万屋のじいちゃんは仲良しじゃないの。セイさんあそこでスーツも作っているし、元々はイギリスの人だし。こういうのを売るっていうのは、やっぱり海外の方がいいんでしょう？　父さんの伝手《つて》もあるんだろうけど、うちでやるよりも、セイさんが結婚祝いにこれをお金にするっていうのはいい案じゃないの？」

ぽん！　と、旦那さんが手を叩きました。

「桔平」

「なに？」

旦那さんが立ち上がって桔平さんの肩を抱きます。

「我が自慢の息子よ。君はすごい」

なになに、と、桔平さん笑ってますけど、お父さんに急に抱きつかれても嫌がらないのがいいです。ここの親子関係の良さがすっごくよくわかります。

「それだ。それでいくんだ」

身体を離して旦那さんが言いますけど、桔平さん、わけもわからずにとりあえず頷いていますね。

「せいらちゃん」

「はい」

「桔平と二人で、セイさんに会いに行っておくれ。これを持ってね」

旦那さんが、サンプラーを持ちます。

八　〈怪盗セイント〉って魔法使いじゃないんですか？

「セイさんに会いに行くのはいいんだけど、どういうことなの？」

　桔平さんが笑みを浮かべながら言います。

　そうですよね。まだ桔平さんはこのサンプラーは万屋さんからどれぐらいの価値があるかを調べるために預かったもの、としか聞いていません。ここに呪いの言葉が刺繍されていることも、そして〈呪いの肖像画〉の話もしていません。

　そもそも桔平さんはセイさんと親しいんでしょうか。父親である旦那さんはほとんど話したこともないっていうのに。

「うん、それはね」

　旦那さんが言いかけて、ちょっとだけ眼を細めるようにして桔平さんを見ました。

「その前に、桔平」

「なに」

「君は、セイさんと親しいよね」

「親しいか親しくないかって訊かれると、親しいかな」

「そうなんですか？」

訊いたら桔平さんが頷きます。

「ボクはイギリスにも住んでいたしね。セイさんはまだイギリスにも家があるのよ。そこに住まわせてもらったこともあるから」

「あ、なるほど」

海外に住めるっていうだけで何だか尊敬しちゃいます。桔平さんきっと英語だけじゃなくて何カ国語かが喋れるんですよね。

「そこにはね、あ、〈にらやま〉の柾はせいらちゃん知ってる？」

「知ってます知ってます」

〈花の店にらやま〉の、花乃子さんの弟で、イケメンの双子のお兄さんの柾さん。弟の柊さんはもうご結婚されているんですよね。

「彼も、花屋っていうかガーデニングとかそういうのかな？　いろいろ修業するためにイギリスに行ってセイさんの家に住んだことあるしね。遊びに行ったわよ。そのときにボクはフランスにいたから」

そういう繋がりもあるんですね。

「桔平さんと柾さんは、どちらが年上ですか？」

「ボクは柾と柊のひとつ上の先輩。小学校から中学までね。高校は違うけど」

同じ商店街に家があってずっと近所で育っているんだから、小中学校はどこかの私立でも受けない限りは同じになりますよね。幼馴染がたくさんいるみたいで、何だか本当に羨ましいです。

「セイさんの娘さんの亜弥ちゃんもそうよね、ひとつ下の後輩」

「あぁそうそう亜弥っぺね」

あ、亜弥さんもそうなんですね。

「亜弥っぺとは仲が良かったから家にもよく遊びに行ったたし、セイさんともよく話したし」

「それで英語を覚えたのよね桔平は」

「覚えたんですか？」

「セイさんは、正式にじゃないけれど、商店街で英語の先生みたいなことをやっていたからね。商店街に住んでる子供なら一度はセイさんに教わってるのよ。英会話みたいなことを」

それじゃあ、旦那さんとは違ってセイさんとは親しいはずですよね。

「ボクは耳が良かったのか、どんどん英語が上達しちゃってね。まぁそれで早くから海外に行くようになっちゃったんだ」

うん、って頷いてから桔平さんが旦那さんを見ます。

「それで、親しいからどうだって？」

旦那さんも、うむ、って頷きます。

「まず、だね」

旦那さんが、このサンプラーには呪いの言葉が刺繍されてるって話を始めました。

〈バーバーひしおか〉は間口はそんな広くないんですけど、奥に長いんです。そもそもこの〈花咲小路商店街〉のお店や家は土地が細長いところが多いんです。いちばん初めの土地の区画割りが細長いものになっていて、何でも江戸ぐらい昔の頃の区画割りがそのまま残っているんだとか。

わたしが使っている二階の部屋は四部屋あるうちの通りから向かって右側の部屋。窓を開けると一丁目の通りが見渡せます。桔平さんの部屋は細い廊下を挟んでそのお隣。

とんとん、って襖ですけどノックされました。

「せいらちゃん、いい？」

「はーい、どうぞ」

桔平さんがニコニコしながら入ってきます。お風呂上がりの桔平さんの肌って男性とは思えないほどつやつやうるうるなんですよね。どんな基礎化粧品使っているのか訊いてみたいです。

手には革の板のようなものを持ってます。

「それは？」

「〈呪いのサンプラー〉だよ」

開くと革の板のようなものは、革製のファイルでした。ちゃんと透明なビニールのようなものに挟まれてあのサンプラーがありました。

「これも、桔平さんの作った革製品ですか」

「そうよ。キレイでしょ？」

「カッコいいです」

「前に商社の人に革で書類入れを作ってほしいって頼まれてね。それをアレンジして作ったの」

素敵です。わたしも、もしも会社員か何かで書類を持ち歩くような仕事をしてるんだったら、こんなのが欲しいです。

「桔平さんは全部そういう注文で作っているんですか？　革製品を」

「主に注文だけれど、いわゆる在庫品って感じで財布とかバッグとか、シザーケースとか、ワンちゃんや猫ちゃんの首輪とかね。そういうのも作ってお店に置いてもらってるわよ。〈白銀皮革店〉とかにもね」

そうですすそうです。あそこにも桔平さんが作ったカワイイ財布とか置いてあります。

「あれですか、床屋さんにならなかったのは、家業を継ぐのに反発したとかそういうものが」

わはは、って桔平さんは笑います。笑い声は男の人なのに仕草は女性っぽいんですよね。

「そんなのはなかったわよ。父さんの家がああいうのだから、小さい頃からよく美術館とか博物館とかに出入りしていたのよね。それで、人の作るものって本当に美しいものがいっぱいあるんだなぁって感じていてね」

「自分でも作ってみたくなったんですか」

「そうそう。革職人になったのは、留学中にそういうのをやっている職人さんに出会ってね。すっごく魅力的に感じて、好きになっちゃって、それからね。自分でもやるようになって、そのまま」

同じですね。わたしもおじいちゃんが髪を切っているのを見て、自分でもやりたくなって今こうしているんですから。そう言うと、桔平さんも頷きます。

「職人になる人って皆そうよね。好きなのよ。好きでやりたくなっちゃうの。それこそセイさんなんかも職人だからね」

「あ、そうですね」

モデラーさんも、職人さんです。

「それでね、明日セイさんのところに行くけど」

「はい」

旦那さんは全部桔平さんにも説明しました。

このサンプラーの〈呪いの言葉〉をセイさんなら何とかできるんじゃないかって

旦那さんが思ってること。でも、それをそのまま言うのはセイさんを〈怪盗セイント〉として疑っているっていうのを伝えるようなものなので、桔平さんの方で、これをイギリスで上手く売る方法は何かないかって話にして相談してきてほしいって。

「父さんたちみたいな美術界の人たちが、セイさんのことを〈怪盗セイント〉じゃないかって疑っているのは、前から知っていたんだ」

「そうなんですか？」

「そう」

「いつからですか？　あの三体の石像がここに現れたときからですか」

「まぁそうかな」

桔平さんが頷きます。

「〈怪盗セイント〉の名前が日本で出てきたのはあのときがほとんど初めてって言ってもいいぐらいだからね。そしてねせいらちゃん、ボクはね、はっきり言ってセイさんが〈怪盗セイント〉だって確信しているのよ」

「えっ！」

びっくりです。

「父さんには言ってないけどね」

「どうしてですか！　何か証拠でもあるんですか」

ううん、って枯平さんは首を横に振ります。

「証拠なんかないわよ。だって〈怪盗セイント〉よ？　日本ではまったく知られていないけれど、イギリスどころかヨーロッパでは〈怪盗セイント〉って本当に有名なんだから。美術界だけじゃなくて、ボクたちみたいな創作系の職人、まぁ向こうではボクらもアーティストって認識されているから、美術界の中の職人の仲間内でもね」

「職人さんの間でもですか」

「そうなんだ。どうしてだと思う？」

どうして。

考えました。海外の創作系、美術系の職人さんの間でも〈怪盗セイント〉はよく知られているってことは。

「あれですか。〈怪盗セイント〉は、美術品や芸術品を盗むだけじゃなくて、そういうものを自分でも作っているからですか？」

「その通り！」

ビンゴ！　って枯平さんはわたしのおでこに向かって人差し指を振ります。

「日本にだって美術系の職人さんはいるわよね。金箔の職人さんとか染めの職人さん、木彫りに日本画、ありとあらゆる方面の職人さんが」

「いますね」

数はきっと大昔に比べると減っているんでしょうけれど、たくさんいるはずです。

「あれですよね。浮世絵だって昔は彫師《ほりし》とか摺師《すりし》とかいろいろいたんですよね？　スゴイ腕を持った職人さんが」

「そうそうその通り。だから海外にもいろんなすご腕の職人さんがいるのよ。美術系や創作系のね。そういう人たちの間ではね、実は〈セイントの思召《おぼしめ》し〉っていう隠語があるのよ」

「〈セイントの思召し〉？」

「若い人は知らない人も多いけれど、もう引退するようなおじいちゃんおばあちゃんの職人さんの間でね。つまりそれは〈セイントに頼まれて一緒に仕事をした〉ってことを意味する隠語なのよね」

「ホントですか！」

ホントにホント、って桔平さんが頷きます。

「あ、でもあれよ。これはせいらちゃんを信用して教えているんですからね。簡単に人には広めないでね」

「もちろんです」

鋼鉄のセーラです。大丈夫です。

「〈怪盗セイント〉はね、警察の間ではただの美術品泥棒って認識なんだけど、違うのよ。美術界で働く職人の間では文字通りの〈セイント〉、つまり〈守護聖人〉ってことなのね。〈守護聖人〉ってわかる？」

「わかります。何かを守る聖人のことですよね」

ゲームやアニメでもその設定はよくあります。

「じゃあ、〈怪盗セイント〉は美術や芸術を守る守護聖人って言われているんですか？　そういう人たちの間では」

「広い意味ではね。もっと具体的には、美術品や芸術品を作る技術を守っているんだってね。たとえば修復士なんかは美術品を修復するけど、それを作った技術をそのまま使って芸術品を作った方が、ものすごく勉強になるでしょう？」

「そうですね」

それはよくわかります。

「そういうことを、いわば技術の継承を〈怪盗セイント〉はやっているってベテランの職人さんたちは言ってるのよ。あいつの思召しのおかげでいい仕事ができた。後の世代に繋げられたってね」

びっくりです。でも、そんな風に説明されるとすっごくよくわかります。

「じゃあ、桔平さんは実際に〈セイントの思召し〉で一緒に仕事をした職人さんに会ったことがあるんですね？」

ニヤリと笑って、ゆっくり頷きました。

「あるわ。もちろん誰かは言えないし、その人がセイントの正体を教えてくれたわけじゃないの。でもね」

「はい」

「〈怪盗セイントの肖像画〉なるものが、あるのよ」

「えっ！」

肖像画って。

「もちろんそんなふうにタイトルがついているわけじゃないけどね。どこの国かも言えないけれどあるヨーロッパの国の小さな街の私設美術館にね。それはそのタッチからダ・ヴィンチが描いたって言われるほどの素晴らしい絵なのね」

「あのレオナルド・ダ・ヴィンチですか」

「そう、あのダ・ヴィンチよ。そう認定されているわけじゃないけど、そうであってもおかしくない絵なのね。でも実はそれは〈怪盗セイント〉が自分で描いた自画像なんだって」

マジですか。

「それは、誰が言ってるんですか」

「その絵の持ち主がね。その人もとある職人さんよ」

「じゃあ、その絵を桔平さんは見たことあるんですね」

「あるの。そしてね、その絵に描かれていた紳士はね。まだもう少し若い頃のセイさんに生き写しだったのよ」

生き写し。

「そっくりとかじゃなくて、ですね」

「そう。見た瞬間にあぁセイさんの若い頃だって思ったわよ。そもそもボクは、ボクたち商店街の子供は、二十何年も前のセイさんの若い頃を知ってるんだからね」

確かにそうです。セイさんはもう三十年も四十年も前に日本に来て、この〈花咲小路商店街〉に住んでいるんですから。

「え？　でも」

頭の中に、ピコン！　って感じで疑問符が浮かんできました。

「〈怪盗セイント〉って、いったいいつからいつまでイギリスやヨーロッパで、その泥棒さんとかしていたんでしょうね」

あら、って桔平さんは手をひらひらさせます。

「別にボクはセイントの追っかけじゃないからね。そんな詳しいことまでは知らない。でもね、そのヨーロッパの職人の間ではね、〈怪盗セイント〉は継承されているって話もあるらしいわよ」

「継承、ってことは、代々受け継いでいるってことですか？」

「わかんないけどね。そもそも美術品や芸術品が盗まれることって大昔からあるわけじゃない？」

「そうですよね」

「その中には、そう言っちゃ悪いけど実に鮮やかなあっぱれな盗まれ方をするのも結構あって、それが全部〈怪盗セイント〉のせいにされちゃって、それで二代目三代目の〈怪盗セイント〉がいる、なんていう話にされちゃっているのかもね」

なるほどです。確かにそれも頷ける話です。

「とにかくね」

桔平さんが、サンプラーを入れた革製のファイルを、ぽん、と軽く叩きます。

「ボクは、セイさんが〈怪盗セイント〉だって確信しているけれど、そこは隠して明日は真面目にこの呪いをセイさんのイギリス時代の伝手で何とかできないものかって頼んでみるからね。そこだけをちゃんとせいらちゃんと確認しておこうと思って」

「そうですね。万屋さんのためですよね」

「まぁ半分は我が家の心の平穏のためだけどね」

そう言ってサンプラーを見ます。

「確かにこれは〈呪い〉の言葉よ。こんなものを知っちゃったら、これを万屋さんがこのまま持ち続けるのを黙って見てはいられないわよね」

次の日です。

朝ご飯を食べるとすぐに桔平さんはセイさんに電話をして、今日会いたいって話していました。セイさんも桔平さんが帰ってきているのはわたしから聞いて知っていたので、久し振りに会えるのを楽しみにしてるそうです。

すぐでもいいって言ったので、わたしは仕事をミミ子さんにお任せして、身支度を整えてから桔平さんと一緒に家を出ました。

「あのですね、桔平さん」

歩きながら訊きます。

「なぁに？」

「確認しておきたいって思ったんですけど、桔平さんは、ゲイってことでしょうか？」

「あぁゴメン。ちゃんと言ってなかったね。ちょっと難しいんだけどね」

難しいんですか。

「一言で言ってしまえば性同一性障害、まぁトランスジェンダーになっちゃうんだろうけど、意識は自分の中では女性の方が強いんだけど、男でも女でもどっちも好きになれるのよ」

むぅ、って頷いてしまいました。

「それは確かに難しいですね」

「難しいのよー。身体はこうして男性だけど、性別として女性の身体になりたいとは思わないしね」

でも、桔平さんはカラカラッて笑います。

「愛が広いのよ。良いことでしょ？」

「そうですね！」

決してダメなことではないと思います。

「あんまり日本に帰ってこないのはね。向こうの方が楽だって部分もあるのよね。いろいろと」

「そうなんですね」

確かにそうなのかもしれません。

☆

セイさんの家へ着くと、セイさんと桔平さんは抱き合って再会を喜んでいました。まるで映画を観ているみたいでした。

この間来たときと同じように、セイさんは美味しい紅茶を淹れてくれました。そして、桔平さんが、あのサンプラーを出して旦那さんに言われた通りに説明をしました。もちろん、〈怪盗セイント〉が呪いを盗んだって部分の話はしません。単純に、万屋さんに頼まれて鑑定したけれど、呪いの言葉ということがわかってしまった。しかもその呪いは万屋さんの過去と重なってしまっているようで、これは何とかしなきゃならないと思っていると。

そして、万屋さんとも仲が良いイギリス人のセイさんなら、何かいい解決法がわかるんじゃないかと。

話し終えると、セイさんはゆっくりと深く頷きました。

「なるほど、よくわかったよ。確かにこれは何とかしなきゃならない問題だ」

ふぅむ、ってセイさんは顔を顰めながら広げたサンプラーをじーっと見つめています。何か口の中で呟いているような気もします。

「確かに難しい」

セイさんが刺繍の部分を指でなぞります。

「この文章を、凌次郎さんは自分で訳したのかね」

「はい。それがこれなんです」

旦那さんが書いたレポート用紙をセイさんに渡しました。

日本語と英語の両方で、この刺繍の言葉の訳を詳しく書いたそうです。セイさんがそのレポート用紙をサンプラーの上に置いて、刺繍と見比べながらまたじーっと眺めています。

「すまないが、しばらく時間が掛かるかもしれないから、くつろいでいてくれたまえ。あれだったら隣の部屋にいろいろな本やＤＶＤもあるから」

「あ、どうぞどうぞ」

わたしはまだセイさんに会うのは二回目ですけど、最初に会ったときのセイさんの顔と全然違います。これは本当に集中している人の雰囲気です。きっと芸術家が自分の作品を作るのに没頭しているときは、こんな感じになるのではないでしょうか。

セイさんの青い瞳が、サンプラーとレポート用紙を行ったり来たりしているのがわかります。

集中の邪魔になってもマズいので、わたしと桔平さんは顔を見合わせてそっと隣の部屋に移動して、そこの本棚にあったいろんな本を手にしてました。本当にいろんな種類の本があります。日本の小説はもちろんですけど、図鑑や写真集、美術全集に難しそうな専門書。セイさんってかなりの読書家で、そして幅広い知識を持っているようです。

世界のすごいきれいな図書館の写真集みたいなものを見ているうちに、セイさんの、ふーっという大きな溜息が聞こえてきました。

「なるほど」

そう言いながら、感心したように首を横に振ります。そしてソファの背に凭れ掛かって、わたしと桔平さんの方を見ます。

「読み終わったよ。理解できた」

「わかりましたか？」

　桔平さんが訊くと、頷きます。

「いや、見事なものだ」

「そう言ってました。この刺繍の技術はスゴイって」

「いや、それは確かにそうなのだが、私が心の底から感心、いや感動さえしたのは凌次郎さんの深い教養にだよ」

　旦那さんの教養、ですか。

「さすがルーヴル美術館でキュレーターを務めたというだけのことはある。いや、その実績をはるかに凌駕《りようが》するであろう素晴らしい知識量だ」

　ベタ褒めです旦那さん。

　そしてまたセイさんは深い溜息をつきました。

「今まで一度もじっくり話す機会を持たなかったのは、私の一生の不覚だったかもしれないよキッペイくん」

　セイさんが桔平くん、って呼ぶと、何となくカタカナで呼ばれているような気がします。

「そんな大げさな」

　桔平さんが少し笑いました。

「いや大げさではないのだよ。この刺繍の言葉は、もちろん英語圏の人間である私にもほとんど馴染のない〈古英語〉だ。こんなものは学者しか理解できない。その学者でもさらに多方面に構築された知識を持つ者でなければ手に負えないだろう」

「そんなにですか」

枯平さんもちょっと驚きましたね。

わたしは最初からスゴイと思ってましたけど、セイさんもこんなに感心するとは思ってませんでした。

「それをこんなふうに読み解くとは、本当に一流の世界トップクラスの天才学者並の知識と、なおかつ芸術家のインスピレーションの両方を持ち合わせなければできない芸当だよ。私がこれを」

サンプラーを手に取りました。

「万屋さんに渡されたとしても、この刺繍の文字の解読はまったくのお手上げで、それこそイギリスへ送って専門家に託しただろう。専門家さえ、何ヶ月も掛かったかもしれない。それぐらいこの刺繍の言葉は複雑怪奇な言語なのだよ」

「ミミ子さんは、平安時代の日本語に江戸言葉が交じっていたような感じなのかって言ってました」

「それは実に言い得て妙だね。もっと言えば、さらにそこに琉球《りゅうきゅう》の言葉に津軽弁《つがるべん》も交じったような構成で書かれているのかもしれない」

ゼッタイに読めませんよねそんな言葉。

「これを、凌次郎さんはどれぐらいで読み解いたのかね」

時間ですか。

「確か、二、三時間だと思います」

「二、三時間！」

腰を浮かすんじゃないかっていうぐらいに、セイさんは驚きました。

「まったくとんでもないお人だ凌次郎さんは。いや、感服した」

嬉しそうにそう言って、わたしと桔平さんに向かって大きく頷きました。

「もちろん、万屋さんは私の大切な長年の友人だ。大切なお孫さんであるあゆみさんの幸せな結婚を祝福したい。そのために私は全身全霊をもってこの難題に取り組もう。それに」

ニコッと笑ってわたしを見ました。

「先日のプレゼントのお礼も、凌次郎さんにはしなければいけない。間違いなく、この〈呪いのサンプラー〉の呪いを解いて、万屋さんにお渡しすると約束しよう。凌次郎さんにはそう伝えてくれ」

「本当ですか！」

うむ、って微笑んで頷きます。

「この矢車聖人、女性への約束を違えたことなど人生において一度もない。約束するよ」

「それって」

桔平さんです。

「もうセイさんの中では、解決法が見えたってことですか？」

訊いたら、セイさんが少し首を傾げました。

「おそらく、いや十中八九間違いなく、皆が納得できる形で解決できると思うね」

びっくりです。それこそセイさんじゃないけど感服します。旦那さんがあんなに悩んでいたのに。

「どうやってですか!?」

少し難しい顔をしました。

「面倒な話になるが、この世はおしなべて善と悪だ。西洋では神と悪魔だね。そもそも芸術の源というのはほとんどはそういうところに繫がっていく。キッペイくんはヨーロッパを主戦場としているから、よくわかるだろう。いかに信仰心や宗教というものが彼らの生活や芸術の基盤となっているかを」

「わかります」

わかるんですね。

「わかりますけれど、日本人には理解できない部分が多々ありますよね。理解できないというか、文字通り感覚をベースにした文化の違いなんでしょうね」

「そうとしか言い様がないだろうね。私も、今は日本人として暮らしているが、そもそもの生まれがイギリスだ。イングリッシュマンなのだよ。信仰心はさほど篤くないのだが、クリスチャンだ。もっとも今は仏教徒でもあるのだが」

「あ、そうなんですか？」

　にっこり微笑みました。

「妻がそうだったからね。妻を仏教で見送るのならば、私も仏教徒として送らなければならない。だから、私はクリスチャンでもあり仏教徒でもある。まぁ私の話はどうでもいいことだが、このサンプラーを刺繍したご婦人、エリザベス・ゲイルも私と同じように二つの宗教の中で暮らしていたようだね。すなわちキリスト教と、もうひとつは、推測でしかないのだがケルト系のものだろう」

「ケルト、ですか」

「ケルト人たちの宗教だね。しかしその辺は専門の学者でも定義が難しいし、私もただの知識でしかない。このご婦人の家に伝わるものだったのかもしれない。しかしその根底にあるものは〈善と悪〉という部分だ。わかるね」

　何となくですけど、わかります。

「そもそもこれはサンプラーだ。刺繍の練習であり、自分の技術を披露するものだ。つまり、キッペイくんも知ってると思うが家の壁に飾ることが、披露することが目的で作られるものなんだよ。それもわかるね？」

　わかります。

「サンプラーであるのに、誰かを呪うためのそういうものを作ることが、自分の家の壁に飾ること自体が、おかしいのだ。このサンプラーに刺繍された言葉は確かに呪いの言葉ではある。いわば、悪の部分だ。そんな悪の部分だけを作って飾っておくのはおかしいいんじゃないか、ということだ」

つまり、って続けて言葉を切りました。

「悪を作ったのなら、善も作る。そうあるべきなんだ」

あっ、て叫んで桔平さんが手を打ちました。

「対《つい》になるんだ！」

対。

「そういうことだ。きっと昔はこの呪い、すなわち〈悪の言葉〉と対になる〈善の言葉〉が刺繍されたサンプラーがあったのに違いない、ということだ。その二つのサンプラーを飾ることで完全なる調和が訪れる」

「それで、呪いも消える！」

「まぁ消えるのではなく、そもそも呪いではなく、この世の調和を願うサンプラーとして生まれた姿に戻るということだね」

スゴイです。

そんな考え方で、このサンプラーの呪いを消すなんて。

「でもそれって」

その〈善のサンプラー〉を用意するってことですよね？

九　ポーセリン・プラークって？　何ですか？

「なるほどなぁ」

　そう言いながら旦那さんはお箸とお椀を持ったまま、感じ入ったように眼を閉じて首を少し横に動かしながら深く深く溜息をつきました。

「呪い、つまり〈悪のサンプラー〉と対になるそれを打ち消す〈善のサンプラー〉か。いや、参った参った。やはりセイさんは凄い人だ」

　また深い溜息をつきます。そしてお椀からお味噌汁を飲みました。今夜のお味噌汁はお豆腐とわかめです。

　桔平さんと二人でセイさんのところに行ってきて、そうして帰ってきてお店の仕事をして、夜になって晩ご飯を食べながら話していたんです。

　お店でお客さんの髪を切っている仕事中にそんな話はできませんし、ミミ子さんも一緒に聞きたがったので、こうやって皆が揃ったところで話したんです。

「それでいいですよね？」

「完璧だと思うよ。ミミ子もそう思うよね？」

　ミミ子さんが白身魚のフライを一口ぱくりと食べてから頷きます。桔平さんは小さい頃からお魚のフライが好物なんですって。今夜は皆と一緒に家でご飯を食べるって言ったので、ミミ子さんが張り切って作りました。

「本当に、完璧ね。間違いなく〈呪い〉が消されたってことになるわね」

「そもそも〈呪い〉って知ってるのは我が家の皆とセイさんだけでしょう？　ここにいる四人が納得したならそれでオッケーよね」

桔平さんが言うと、旦那さんはいやいや、って少し頭を振りました。

「なおかつだよ？　何も知らない万屋さんも納得して、しかも喜ぶっていうところにきっちり落とし込んだ素晴らしい解決方法だよ」

「それをすぐに思いつくってところがまたセイさんは凄いわね。外国人の、キリスト教圏の人ってそんなふうに考えるのね」

ミミ子さんです。

「いや、対になるもの、というのは美術芸術の世界ではごくあたりまえのものさ。そういうものはたくさんあるだろう？　日本だって阿吽《あうん》の金剛力士像とか、風神雷神なんてのもあるだろう？　神社の狛犬《こまいぬ》だって対だし、陰と陽という二つのものがある、なんて考え方は日本人にも染みついているはずだよ」

「あれ？　でも陰陽思想って単純な善と悪じゃないよね？」

「もちろん違うよ。陰陽は善悪二元論ではない。日本は判官贔屓《ほうがんびいき》なんてものがあるように、敗者、つまり陰にも心を寄せたりする。簡単に二つに分けられないっていうのがあるからね。だからこそ善と悪の二つに分けてそれを対にして打ち消すって発想が凄いって思っちゃうんだよなぁ」

旦那さんと桔平さんで何だかムズカシイ話をしちゃっていますけど、要するにスゴイって言っているんですよね。

「でもですね旦那さん」

「うん」

「セイさんも、さっきの旦那さんみたいに、旦那さんにものすごく感心していました。感動すらしていました」

「僕の何に？」

「あの古英語を、呪いの言葉を何時間かで訳したことにですよ。それはとんでもないことだって。普通に学者さんに依頼しても、何週間も何ヶ月も掛かるかもしれないって」

「そうそう、心底感激していたね。セイさん、今までちゃんと父さんと話していなかったことを後悔していたわ」

桔平さんがそう教えると、旦那さんはにっこりしました。

「それは嬉しいなぁ。セイさんのような凄い人に褒められるのは」

いえ、そもそも旦那さんは凄い鑑定士なんですよね。それは美術界でも認められているんですよね。

「でも旦那さん」

「うん」

「結局セイさんは、その対になるサンプラーを作っちゃうってことですよね？　『私が預かろう、万屋さんにも私の方から言っておくから』って言うから置いてきたんですけど、本当に、それでいいんですか？」

それはつまり、ニセモノを作っちゃうってことです。そしてそれは矢車聖人としてではなくて、〈怪盗セイント〉として作っちゃうんじゃないかと。

そう言うと、旦那さんはしっかりと頷きました。

「いいんだよせいらちゃん。贋物とか贋作を作るんじゃなくて、あのサンプラーを基にして、まったく新しいものを、オリジナルで作るんだからね。誰に迷惑を掛けるものでもない。嘘は、ちょっとしたことだけで済むから」

「嘘？」

「そう、嘘」

旦那さんが千切りのキャベツにマヨネーズをかけました。旦那さんはけっこうマヨラーなんですよね。魚のフライにもマヨネーズをかけます。わたしはもちろんソースです。

「きっとセイさんは、万屋さんにこう言うんだ。『凌次郎さんから預かってイギリスの方で鑑定に出した』ってね。その結果、『実は向こうでこのサンプラーと対になるものが、鑑定中に見つかったのだよ』ってね」

あ、そうか。

「それで、こう言うんですね？　『その二つが揃ってこその作品だったので、対になるものを貰ってきて二つを一緒にした』って！」

「その通り。その上で、この二つを売るとこれぐらいになるけど、どうするかね？　って万屋さんに相談するんだ。もし売ったのなら、きっと新婚の夫婦の門出にふさわしい金額になると思うよ」

「新車の頭金ぐらい？」

桔平さんが訊くと、うーん、って旦那さんが少し微笑みながら考えました。

「まぁ、おおよそそんなものかな？　ひょっとしたら熱心なコレクターの人がいて、ミニバンの新車を現金で買えるぐらいにはなるかもしれないね」

うんうん、って桔平さんも頷いていました。

「まぁ売るか売らないかは万屋さん次第だよ。どっちにしても、きれいに額装し直して、新婚家庭に飾るのにも最高の状態になって戻ってくるよ」

旦那さんが嬉しそうに言いました。

「それはそうとね、父さん」

「なんだい」

「セイさんとゆっくり話さないの？　セイさんもそうしたがってると思うんだけ

ど」

旦那さんがちょっとだけ首を傾けました。

「連絡欲しいとか言ってたかい？」

「いえ、それは特に言ってなかったですけど」

わたしが言うと、そうだろう？　って旦那さんが言います。

「あれだよ。僕とセイさんはね、それこそ神社の阿吽の狛犬だよ」

「狛犬」

「そう。狛犬が近寄って並んじゃったら、どこを通っていいか困っちゃうじゃないか。離れて並んでいるぐらいでちょうどいいんだよ」

そうなのかもしれません。何たって旦那さんは〈怪盗セイント〉の正体を突き止めてくれって頼まれているんです。

セイさんが〈怪盗セイント〉なのはきっと確実だって気がしますし、あんまりにも親しくなってしまったらその証拠まで見つけてしまうかもしれません。

旦那さんはそんなことをしたくないんですよね。

☆

〈バーバーひしおか〉は、けっこう忙しいお店なんです。

〈花咲小路商店街〉の人たちはほとんど髪を切りに来てくれますし、古めかしい雰囲気が好きで遠くからわざわざ来てくれるファンの人たちもいるんです。繁盛しているって言ってもいいと思います。

なので、ほとんどの人たちは電話をくれて、大体の時間を予約してから髪を切りに来ます。ふらっと来ても、ちょっとムズカシイ場合がほとんどなんです。

でも、予約のほとんどない日だってあります。一週間に一回か二回ぐらいは今日は暇だねって日があって、そういう日には旦那さんとミミ子さんが二人で連れ立って出かけたりします。

デートですね。元々旦那さんはお洒落な人で、そういう日にはさらにきちんとした格好をして、美術館や博物館、あるいは映画館に行ったりします。わたしがいない頃には、〈何時までお休み〉って看板を掛けて出かけたりしていたそうです。定休日はあるけれども、そういう日にもどうしてもお願いしたいってお客さんもいるんですよね。だから、実質定休日はないことも多いので、そうしているんです。

本当にお二人は仲が良くて、わたしの理想の夫婦像です。

「まぁ確かに仲は良いわね」

桔平さんが鏡を拭きながら言います。今日は桔平さんは何にも予定がないというので、わたしと一緒にお客さんを待ちながらお店の掃除をしていました。

ハサミなどを入れるシザーケースがあるんですけど、革製のそれは全部桔平さん

の作品です。その他にも革の小物入れやケースがこの店のあちこちに置いてありま
す。
そういうものの手入れも桔平さんはしていました。革製品は手入れをきちんとや
れば一生使えるものですからね。
「ケンカなんかしたことないんじゃないですか？」
訊いたら、頷きました。
「少なくともボクが一緒にいた頃は、一度もなかったわね。中学生ぐらいまでだけ
ど」
高校の頃にはもう留学していたという桔平さん。それからはずっと海外とこっち
を行ったり来たり。
「まぁでもあの二人が親で良かったわと思うことが多いわね。こういうタイプに
なっちゃったって言っても全然なんともなかったし」
「まるっきりですか？」
「まるっきりよ。そもそも母さんはね、見かけはああして柔らかそうな、今は可愛
いおばさんだけれど、その中身はすっごくアナーキーなのよ」
「アナーキーですか」
アナーキーって、つまり。
「悪い意味じゃなくてね。何にも縛られないで自由奔放って意味合いでね。わりと

尖った風に」

「尖っていたんですか」

あの優しいミミ子さんが。

「母さんの昔の写真とか見たことある？」

「ないです」

「あ、じゃあちょっと待ってて」

にんまり笑って桔平さんが奥の家の方へ走っていってすぐにファイルみたいなものを持って戻ってきました。

「ほら、母さんの若い頃の写真」

「わ！」

思わず声が出ちゃいました。

「これ、ミミ子さん？」

「スゴイでしょ？　ロックでアナーキーでしょ？」

「カッコいいです！」

ミミ子さんです。確かにミミ子さんの若い頃です。でも、ものすごくパンクでファンクでロックです。確かにアナーキーなファッションです。

そして、いや、そんなふうに言うとあれなんですけど、色っぽいです。わたしが男だったらゼッタイに一目見ただけでクラッときちゃうぐらいに、エロいです。

別にファッションに肌色成分が多いとかそういうんじゃないんですけど、ゼッタイにDカップはあるっていうバストもそうなんですけど、もうその存在自体がエロカッコいいんです。

まるでレディー・ガガとテイラー・スウィフトを足して二で割って小さくして日本人にしたみたいです。

「若い頃はねー、もう男が寄ってきて困ったって言ってたよ」

「来ますよ！　わらわら寄ってきますよ！」

「でもね、本人はこれでメッチャ天然ボケだったんだって。今でもそういうところあるけれど」

「ギャップですね。ギャップ萌えしますよね」

今でもミミ子さんは本当に可愛くてダイナマイトボディなんですけれど、これは。

「昔はミミ子さんがいるだけで店が繁盛していたっていうのは本当ですよねこれ」

「そうなんだってね。母さんに髪を切ってもらったり髭を剃ってもらったりしたくて毎日通った人が大勢いたって」

ですよね。今もミミ子さんに髪を切ってもらいたいって男性が多いんですから。

「そうだ、桔平さん」

「なぁに」

「旦那さんとミミ子さんの出会いって、なれそめって、知ってます？」

お二人に訊いてみたいと思いながらまだ訊いていませんでした。

「床屋さんの娘さんだったミミ子さんと、芸術家を輩出する由緒ある家の息子の旦那さんですよね？　どうやって知り合って恋なんかしちゃったんですか？」

「なれそめかぁ」

うーん、ってちょっと首を傾げました。

「親がどうして結婚したかなんて興味ないからなぁ」

「ですよね」

男の人は、あ、桔平さんはちょっと違いますけど、訊かないですよねそんなことを。女の子はわりとお母さんに訊いたりすることもあるんですけど。

「でもね、お兄さんが最初に母さんと知り合った、っていうのは聞いたことあるわね」

「お兄さん？」

「伯父さんね。凌一郎さん」

朱雀凌一郎さん。

「あの、偉い人ですね」

「そうそう」

「それはまたどこでどうして」

「そこまでは、あれ？」

桔平さんがふいに表の方に眼をやって、ちょっと驚いたふうな顔をしたときに、お店の扉が開きました。

「いらっしゃいませ！」

紺色のスーツ姿の背の高い男性が入ってきました。

少し白髪交じりの髪の毛をきちんと整え、銀縁メガネで細面で眼光も鋭く、スラリとしたものすごくシブイ雰囲気の男性です。まるで、どこかのハリウッドスターみたいです。スーツだって一目ですっごく高いものだってわかります。

「伯父さん！」

「やぁ、桔平」

伯父さん？

「久しぶりだな。元気だったか」

凌一郎さんですか？　旦那さんのお兄さんの、朱雀凌一郎さん？

「初めまして！　谷岡せいらです」

うん、って微笑んで小さく頷きます。全然旦那さんと違います。百パーセント、いえ二百パーセント似ていません。

どうしてこんなに兄弟で違うんでしょう。

「この間は家に来てもらったのに、留守にしてて悪かったね」

「いいえ！　とんでもないです。旦那さんとミミ子さんにはお世話になっています！」

いやいや、と軽く手を振りました。

「ミミ子さんもね、凌次郎も本当に喜んでいたよ。いい子に来てもらったってね」

そう言っていただけるのは嬉しいですけど、わたしこそです。凌一郎さんがぐるりと見渡し、奥の家の方へ眼をやりました。

「今日は二人はどこへ行ったんだ？」

「暇だったんでね。二人で映画を観に行ってるんだ」

桔平さんが答えると、凌一郎さんは少し顔を顰めました。

「それでか。電話しても電源を切っているのは」

「何か用があったの？」

「あ、お茶も出さないですみません！　どうぞ奥へ」

「いや、いないならいいんだ」

そう言って、手に持っていた書類ケースを開けました。それも何だかすっごい高そうな革のケースです。きっとブランド物です。桔平さんが作っているような革製品とはまた一味違う感じ。

「すまないが、これを凌次郎に渡しておいてくれ。直接渡して話そうと思ったんだが、夜にでも電話してくれって」

革のケースから出してきたのは、薄い桐の箱です。本当に薄くて中に何が入っているのか見当もつきません。でも、高そうなのはすぐにわかったので、両手で大事に受け取りました。

「何なの？」

桔平さんが訊きました。凌一郎さんは、少し唇を曲げた後に小さく頷きました。

「もちろん美術品だよ。後できちんとテーブルの上に置いてから、開けてみるといい。くれぐれも」

右手の人差し指を上げました。

「慎重に取り扱ってくれよ」

「高価なものなんだね？」

そういえば桔平さんがさっきから男口調になっています。凌一郎さんはゆっくりと、今度は大きく頷きました。

「ひょっとしたら人類の宝になりかねないものだ」

人類の宝。

びっくりして眼を丸くしてしまったら、凌一郎さんは私の顔を見て思わずって感じで噴き出しました。

「いや、冗談だよ。そんなに大層なものではないが、貴重なものであることは間違いない。凌次郎にもそう伝えてくれ」

それじゃあな、と、軽く手を振って、さっと踵《きびす》を返すと店を出て行きました。歩き方も颯爽《さっそう》としています。確かに名家のしかも公的機関のお偉いさんって感じがします。しかも、美術方面のセンスがバリバリありそうです。

　でも。

「桔平さん」

「うん？」

「どうして伯父さんは、旦那さんのお兄さんは、あんなにシブイんですか。旦那さんとは違って」

「そう思うよねー。父さんを見ていると」

「全然似ていないじゃないですか！」

　思わず興奮してしまいました。

　旦那さんがタヌキだとすると、凌一郎さんはまるでオオカミです。そう言うと、桔平さんが、うんうん、と頷きます。

「不思議だよねぇ。でも実の兄弟なのは間違いないってさ。何でも伯父さんはおじいさん、つまりボクのひいおじいさんに似ていて、父さんはおばあちゃんの方に似ているらしいよ」

　たぶんそういうことなんでしょう。そういう観点からすると、桔平さんは伯父さんの方の血を貰っているのかもしれません。顔がカワイイのはミミ子さんの血筋でしょうけど、その他は旦那さんにはあまり似ていなくてシャープな雰囲気があります。

「桔平さん、男っぽい話し方してましたよ。凌一郎さんと話すとき」

そうなんだよねぇ、って笑います。

「どうしても伯父さんの前に出ると、男が強く出ちゃうのよ。伯父さんの醸し出すこう、ダンディさに引きずられちゃって自分の中の男が顔を出しちゃうのよね。父さんも前に言ってたわ」

「何てですか？」

「兄貴と真面目に仕事の話をしていると、まるでスパイ映画を撮ってる気持ちになってくるって。美術品を巡る国際的な陰謀を張り巡らせているみたいにって」

まさに、そんな感じです。

旦那さんとミミ子さんが映画を観終わっても、お店はまだ暇なままでした。電話があったので、そのまま二人で美味しい晩ご飯でも食べてくればいいよと桔平さんが言って、わたしと桔平さんはお店を閉めた後に、二丁目にあるフランス料理店の〈ラ・フランセ〉に行くことにしました。

フランス料理でも〈ラ・フランセ〉は家庭料理のお店なんです。リーズナブルで美味しいメニューがたくさん。二宮《にのみや》さんが家族でやっていて、厨房には旦那さんと奥さん、ホールには長女の美海《よしみ》さんや、大学生の海斗《かいと》くんが出ているんです。本当に家庭的な雰囲気のいいお店。

今夜は私は豚肉のコンフィ、桔平さんはミロトンっていう牛肉のトマト煮を頼みました。

「美海ちゃんはね、〈にらやま〉の柊の奥さんなのよ」

「あ、そうですよね！」

〈花の店にらやま〉のめいちゃんに聞きました。柾さんと柊さんはすっごくカッコいい双子の兄弟なんですけど、性格は全然違うんだって。大人しい方の柊さんに美海さんが恋をして結婚したんですよね。

「でもいずれ美海ちゃんはね、ここを継ぎたいんだってさ」

「〈ラ・フランセ〉をですか？」

「そうそう。〈にらやま〉はね、花乃子さんがまだまだずっとやっていくし柾がいれば大丈夫だし。ここの息子の海斗は大学を卒業したら、店は継がないでどっかの企業に就職するつもりらしいからね」

海斗くんはすごく頭がいいんだってめいちゃんが言ってました。きっと一流企業に入ってバリバリ仕事をする人間になるって。

「え、でも柊さんって」

大人し過ぎて若干ひきこもり系の人で、今も〈花の店にらやま〉ではずっと店の奥で作業をするのが専門なんだって聞いています。

「ホールとかできないんじゃないですかね？」

小さい声で言うと、桔平さんも少しテーブルに屈みこんで声を低くして言います。

「そうなのよねー。でもね、柊も実は料理することは嫌いじゃないんだって。そもそも厨房に籠って人と会わなくていいしね」

「あ、なるほど」

「それにあいつは手先が器用なのよね。今も〈にらやま〉で売っている花籠とか全部自分で作ってるし。そのうちにここで料理人の修業を始めるんじゃないかなぁ」

いいですね。美海さんも清楚っぽいお嬢さんだし、美しい夫婦のやってるフランス料理店ってすっごく理想的です。

そうやってお店が受け継がれていくって、素敵です。商店街の未来って感じです。

「あれ」

桔平さんのスマホにＬＩＮＥが入りました。

「母さんだ。ご飯食べ終わったから、ここのタルトタタンが食べたいので来るってさ」

ここのタルトタタンは本当に美味しいんですよね。ちょうど美海さんがお皿を下げに来たので、言います。

「うちの親が来るって。タルトタタン食べに」

「あら、じゃあ向こうが空いていますから移りましょう」

六人も座れて、壁がある個室です。

「あ、じゃあついでにあれ持ってくるわ。まだ時間掛かるだろうし」

「あれですね」

旦那さんのお兄さん、凌一郎さんが持ってきた桐の箱。何が入っているのかすっごく気になります。


「兄貴が？」

「そう、これね」

旦那さんとミミ子さんが来て、四人で美味しいタルトタタンを食べてコーヒーを飲んでいるときに桔平さんが言って、椅子の上に置いておいた桐の箱をテーブルの上に置きなおしました。

「電話したのに出ないってさ」

あぁ、と言って旦那さんがスマホを取り出します。

「電源入れるの忘れてたよ。あ、本当だ。電話入っているね」

「何でしょうね。凌一郎さんが直接持ってくるなんて珍しいわね」

鑑定してほしい美術品を旦那さんのところに持ってくることはたまにあるそうです。でもそのときにはあの美人秘書の諸岡トモエさんが来ることがほとんどだとか。

「まぁ、じゃあ見てみようかね」

旦那さんが言って、桐の箱の蓋をそっと持ち上げます。

「せいらちゃん、箱の下を持ってくれる？」

「あ、はい」

箱の下の部分を持ちました。

「こういうきちんとした桐箱はね、ほとんど密閉状態になっているので二人掛かりでこうやって静かに静かに引っ張らないと開かないいんだよ」

「本当ですね！」

私が箱の下を押さえているので、ゆっくりゆっくり蓋が持ち上がっていきます。

「力は込めなくていいからね。静かに静かに」

ようやく蓋が開きました。少しパカッ、ていう音がします。

「ほう」

紫色の布の上に載っていたのは、絵です。大きめの絵葉書の二倍ぐらいの大きさの、絵。

「これは」

でも、紙じゃないです。カンバスでもないです。

「タイルですか？」

旦那さんがにっこりと微笑みます。

「そう、日常ではタイルと言ってもいいね。ポーセリン・プラークだよ」

ポーセリン・プラーク。

「人の名前みたいですね」

「ポーセリン、とは磁器のことだね。そしてプラーク、とは飾り板のことだよ」

「飾り板？」

「金属や陶器などの装飾板のことだね。まさしくタイルと同じようなものだ。そして〈ポーセリン・プラーク〉っていうのは陶板画のことなんだね」

「陶板画。文字通り、陶器の板に描いた絵、ですか」

その通り、って旦那さん頷きます。

「正確にはこれは磁器なので、磁板画と言うのが正解なのだろうけど、昔から日本では陶板画と呼ばれているね」

「英語では porcelain panel painting と言うんでしょ？」

桔平さんです。

「その通り。それが正確なところだろうけど、まぁ美術界では大体が〈ポーセリン・プラーク〉と呼ばれるのが通常になっているかな」

「これ、白い磁器の板にそのまま絵を描いているんですか？」

「そう。描いて、そして焼くんだ。もちろん焼いているからこの絵は褪せることはない。陶器に描かれた絵はそのままずっと残るよね？　未来永劫このままの姿で保たれる。この陶板画の美術館もあるよね。世界中の名画なんかをそっくりそのまま陶板画にして展示しているんだ」

「それは、凄そうですね！」

「退色することもないし写真よりも生々しい感じが出るから、美術芸術に触れるのにはもってこいなんだよ」

この通り、って言って旦那さんはその陶板画を手に取りました。

「普通に触っても何の問題もない。手の脂がついても拭けばきれいになる。名画を手にすることはできないけれど、陶板画なら手に持ってじっくりと眼の前に持ってきて観ることもできる」

旦那さんがじっと見つめます。

ふむ、と言いながら片手で髭をいじります。

「これはなかなか珍しいものだね。まず間違いなくロイヤルウースター製のものだが、風景と一緒に人物が描かれている」

「美女ですよね。しかもヌードですよね」

柔らかそうな茶色の長い髪の毛を垂らしてバストを隠していますけれど、豊満な胸は隠しきれていません。

おっとりした感じの美女が何故か林の中に置かれたソファに座っています。林は紅葉に彩られていて、向こうには湖も見えます。たぶん海じゃありません。

「そうだね。半裸の女性だ。こういう〈ポーセリン・プラーク〉はね、美人画の人気があるんだよ。まぁ今でいうブロマイドみたいな感覚かね。何せ色褪せずにしかもカンバスに描かれたものとは違う艶めかしさがある」

確かにそうです。磁器の持つ輝きが描かれた絵になんとも言えない雰囲気をもたらしているって感じます。

「確かにヌードとかにはちょっといいかもしれませんね」

「でしょう？　だから、まぁほとんどが、十九世紀に作られたものなんだけれども、今でも人気があって高値で取引きされているのは肖像画、ヌードの美人画がほとんどなんだよね。でもね」

うむ、ってちょっと首を捻りました。

「こういうふうに風景と美女を組み合わせているものは珍しい。そもそも風景画の〈ポーセリン・プラーク〉で評価が高いのはロイヤルウースター製のものばかりなんだよね」

「だからこれも？」

「そう。間違いなくロイヤルウースター製だろうけど、でもこうやって美女を組み合わせているのは僕も初めて見たね」

「伯父さんは電話してくれって言ってたよ」

旦那さんが頷きます。

「ちょっとお行儀が悪いが、個室だし電話させてもらおう」

そう言ってスマホを持って、電話しました。

「あぁ、兄貴？　うん、そう。今見てるよ。なんだいこれは？　うん」

旦那さんは陶板画を見ながら頷いています。

「うん、なるほど。え？」

思わず、って感じで旦那さんの腰が浮き上がりました。ものすごく、びっくりした顔をしています。

とんでもなく驚いています。

「セイントの、母親？」

十　貴族の血統って？　何ですか？

「ちょ、ちょっと待ってくれ。今、まだ外にいるんだ。〈ラ・フランセ〉だよ。いや、食べ終わったけど、お店の中で長電話するわけにはいかないから今から家に戻るから。うん、すぐに電話するから」

電話を切りました。

慌ててます。旦那さん、スゴク慌ててます。

「どういう話？」

ミミ子さんが訊きました。

「いやまだわからないんだ。とにかく先に帰るね。兄貴に詳しく話を聞かなきゃならないから。後で皆に話すからここよろしくね」

蓋を閉めて、桐箱を大事そうに抱えた旦那さんは本当に慌てた様子で店を出て行きました。残ったわたしとミミ子さんと桔平さんは、支払いを済ませた後少し〈ラ・フランセ〉の皆さんと四方山《よもやま》話をしてから、ゆっくり歩いて帰ります。

「『セイントの、母親？』って驚いて言ってましたよね旦那さん。電話口で」

「言ってたわね」

ミミ子さんも頷きます。

「つまり、あの〈ポーセリン・プラーク〉に描かれた女性が、〈怪盗セイント〉の、セイさんのお母さんってことなのかな？」

桔平さんが言います。そうとしか考えられませんけれど。

「でも、セイさんのお母さんってことは、もうお亡くなりになってますよね」

「どうかしらねぇ」

ミミ子さんです。

「セイさんは確か七十代半ばくらいだろうから。ひょっとしたらお母様は若い頃にセイさんをお産みになっていて、今は九十代で、まだまだ故郷のイギリスでお元気ってこともあるわね」

「それはないわよ」

桔平さんが言いました。

「確か、おばあちゃんはもうどっちもいないって、随分前に亜弥っぺが言ってたと思うよ」

あ、そうなんですね。それは確実な話ですね。

「じゃあ、あの肖像画はまだ十代って感じの女性でしたから、セイさんのお母さんが十代の頃にモデルになっていて、今から八十年ぐらい前に作られた作品ってことになるんですかね」

わたしたちはもうすっかりセイさんイコール〈怪盗セイント〉ってことで話していますけれど、確かめられたわけではないんですけれど、もう暗黙の了解でそうしています。

「そういうことになるわね。そして八十年程度では、さほど古い骨董品ってわけではないわね」

「そうだね」

桔平さんも頷きます。

今頃旦那さんは詳しい話を聞いているんでしょう。どういう理由であの〈ポーセリン・プラーク〉をお兄さんは持ってきたのか。

むぅううん、って感じで溜息のような呻き声のような音を出して、旦那さんは浮かない顔を見せました。

三人で家に帰ってきて、さてお風呂に入ろうか、それとも旦那さんにどうなったか訊こうかって言っていたときに、旦那さんは部屋から出てきて居間のテーブルについたのです。

あの桐箱を持ってきて。

わたしも桔平さんもミミ子さんも、座りました。

「どういう話だったの？」

ミミ子さんが訊きます。

旦那さんは、うむ、って感じで頷きました。

「困ってしまうことを持ち込まれたんだけどね」

そんな感じです。こんなふうに浮かない雰囲気の旦那さんを見るのは初めてです。

「凌一郎さん、また面倒なものを持ち込んできたってことなのね」

「また、なんですか？」

初めて会った旦那さんのお兄さん。朱雀凌一郎さん。ものすごくシブイおじさまだったんですけど。

「けっこう、いろんなものを持ち込んでくるのよね。伯父さん」

「そうなんですか」

桔平さんが言うので訊いたら、笑いました。

「いつだったかな、盗品を持ち込んできて何とかこれをきれいにして国のものにできないか、なんて話していたわよね」

「盗品ですか？」

そんな、公的機関のお偉いさんなのに。

旦那さんが苦笑いしました。

「さすがにそれは兄貴がかわいそうだね。盗品ではなく、出所のはっきりしないものなんだけど、どうしても所蔵したいので出所をクリーンにする方法を探ったってことだけどさ」

「それは、そういうことは美術界ではよくあることなんですか」

「あんまりあってはならないことだけどね」

旦那さんがちょっと肩を竦めました。

「そもそも、元の持ち主がはっきりしない美術品ってのはよくあるものなんだよね。何十年何百年にも亘ってあちこちを巡るうちにそうなってしまうものはあるんだよ。古いものほどそういう傾向がある。そしてね」

ちょっと息を吐きます。

「この〈ポーセリン・プラーク〉の出所が問題なんだけどね」

旦那さんが箱の蓋を開けようとしたので、またわたしが下を持ちました。ゆっくりと蓋が開いていって、ぽん、って音がします。

美女と風景の陶板画。

「きれいねやっぱり」

「うん」

美しいです。女性のわたしでも、この美女なら手元に置いて、壁に飾っておきたくなります。

「出所が問題ってことは、やっぱり何か曰くつきとかなの？」

桔平さんです。

「曰くというか、イギリスの貴族のところからだね」

「貴族」

三人で声を揃えてしまいました。

「貴族って、今もいるんですね」

訊いちゃいました。

「もちろん、いるよ。わかりやすいところでは、イギリス王室は全部貴族だね」

「あ、そうですね」

言われてみれば確かに。

「王室の他にも、イギリスには古くからの名家である貴族が今もちゃんと存在しているからね。俗っぽい話になっちゃうんだけど、イギリスの観光名所の土地を所有しているのはほとんど貴族って言ってもいいぐらいだよ。あともちろんお城なんかもね」

「なるほど」

そう言われてみれば、映画を観てもヨーロッパの貴族はとんでもなく広い土地を持っていますもんね。

「もちろん、貧乏な貴族もたくさんいるんだけどね。その他にも一代限りの爵位を授けられた貴族もいる。ほら、ミュージシャンのエルトン・ジョンなんかも爵位を持っているね」

「そうよね」

ミミ子さんが頷きます。

エルトン・ジョンさんの名前は聞いたことあるようなないような。旦那さんは、〈ポーセリン・プラーク〉にそっと手を置きました。

「この〈ポーセリン・プラーク〉に付けられたタイトルは『永遠の淑女』だそうだ。まさに、って感じのタイトルだね。所有していた貴族は、名前をはっきりとは言えないけれども、今も名家と呼ばれる少数の貴族のうちの一人らしいよ。まぁ仮に〈ポーツマス卿〉としておこうかね」

「ポーツマス卿」

「あくまでも仮名ってことでね。そこはもう突っ込まないでね」

三人で頷きました。

「このポーツマス卿は、かなり古い血筋の貴族だよ。そして階級も上だね。貧乏貴族などではなくてね。そのポーツマス卿は現在六十代なのだけど、かつて彼の父親が愛した女が、妻ではなく、この『永遠の淑女』なのだと」

「あら」

「へぇ」

「そうなんですか」

旦那さん、頷きます。

「らしいね。父親も母親ももうとっくに死んじゃっているので、それが真実かどうかはわからないけれど、父親の遺した日記などにも書かれているらしいよ。この女性との麗しき愛の日々なんかがね」

麗しいんですか。確かに貴族同士の秘密の恋というのなら、かなり麗しいかもしれません。

「じゃあ、この女性も貴族ってことかしら？」

ミミ子さんです。

「はっきりと確認はできていないらしいんだけど、ポーツマス卿の父親はそう書き残しているようだね」

「名前は何でしょう。この女性の名前も秘密なんですか」

訊いたら、旦那さんは首をちょっと横に振りました。

「名前はね。これは仮名じゃないよ。シーラ・スティヴンソン」

シーラ・スティヴンソンさん。

「セイさんと、同じ名字じゃないの」

桔平さんです。

そうでした。セイさんは今は日本人なので矢車聖人という名前ですけど、そもそもはドネィタス・ウィリアム・スティヴンソンさんです。

「それでさっき電話で言った母親って話になるの？　この『永遠の淑女』であるシー

ラ・スティヴンソン嬢が、セイさん、ドネィタス・ウィリアム・スティヴンソンの母親だって」

「そこが、問題なんだね。まず、歴代の貴族の中にスティヴンソンなる姓を持つ貴族は確かにいるのだけれど、シーラという名の婦人は見つからなかったらしい。あ、もちろん全部兄貴たちが調べたんだけどね」

「じゃあ、貴族じゃなかったってことですか。このご婦人は」

「そこはまだわからない。記録に残っていないというか、消された貴族も存在するからね。ただポーツマス卿の信用度を考えたら、このシーラ・スティヴンソンなる女性が、父親である前ポーツマス卿と関わった高貴な生まれの女性であることは間違いないだろうってことだよ」

なるほど、って三人で同時に頷きました。

「それでセイさんのお母さんの名前はどうなのかしら。伯父さんはそこも調べて伝えてきたってことなんでしょう?」

「そう」

「そんなことも調べられるんですかお兄さんは」

「何たって兄貴は一応政府側の人間だからね。国内の書類に残っていることなら調べられないことはほとんどないんじゃないかな」

それはちょっとスゴイです。本当にスパイ映画みたいです。

「僕たちはセイさんのお母さんの名前なんて亜弥ちゃんに訊けば一発でわかるんだけど、兄貴はセイさんの様々な書類から調べたってことだね。名前は、確かにシーラ・スティヴンソンさんだったそうだよ。もちろん、同姓同名の別人という可能性もあるけれども」

「そこもはっきりしていないんですね」

「そうだね。そこまで徹底した調査はできないだろうね」

旦那さんが深く重い溜息をつきました。

「つまり、この〈ポーセリン・プラーク〉の『永遠の淑女』は、セイさんのお母さんである可能性が非常に高く、かつ、セイさんが元々は貴族の血統だったのではないか、というところに辿り着いたわけだ」

「まぁ」

ミミ子さんがちょっと眼を大きくさせました。

「ということは、元々セイさんはイギリスの貴族で、亜弥ちゃんもそうだってことなのね」

「そういう話になるのかな」

この〈花咲小路商店街〉にイギリスの貴族が。

「頷ける話だよね」

桔平さんが言って、旦那さんも頷きました。

「セイさんのいかにも紳士然とした立ち居振る舞いや言動。何よりも深い教養や美術に関する審美眼なんかも、生まれがそうならと納得できるよね」

「でも、どうしてそもそも貴族の血統の人が怪盗なんかに」

「せいらちゃん、ここではいいけどそうと決まっているわけじゃないからね」

そうですね。まだ確定したわけじゃありません。

「何故〈怪盗セイント〉がこの世に登場したのかはわからないけれど、そもそも〈怪盗セイント〉は怪盗紳士なんだ。出が貴族だったとしてもおかしくないね」

「納得できるけど、どうしてこの『永遠の淑女』が伯父さんの手元にあって、父さんのところに持ち込んできたの？」

「そこなんだ」

そこですか。

「以前にせいらちゃんにも教えたけど、美術品蒐集のために世界中を飛び回るハンターのような人たちがいるって言ったね」

「はい」

聞きました。桔平さんもミミ子さんも頷いています。

「本当に秘密の話なんだけど、あるそういうハンターの一人がポーツマス卿に接触したと思ってほしい」

思いました。

「ポーツマス家も美術品をたくさん所蔵している。世に出しているものも、出していないものも。この『永遠の淑女』はあくまでも亡き父親の個人的な品物で、そもそもそれほど価値はないものだ。〈怪盗セイント〉の話を抜きにしてオークションに出しても、せいぜい値がついても高級ホテル一泊分とか、そんなものだろうね」

それでも充分高いと思いますけど、美術品としては確かに安いんでしょうね。

「ただ、そのハンターは前ポーツマス卿の日記などを確認したときに〈シーラ・スティヴンソン〉の名前を確認した。そしてだね、そのハンターは何故かセイさんの英語名であるドネィタス・ウィリアム・スティヴンソンを知っていたんだ。さらには母親の名がシーラであることも知っていた」

「ってことは」

桔平さんです。

「そのハンターは日本人ってことね」

旦那さんが頷きます。

「日本人だね。そしてそこでどういう経緯でそうなってしまったのかはよくわからないけれど、そのハンターは『永遠の淑女』を勝手に持ってきてしまったんだ」

勝手に。

「盗んだってことじゃないですか」

「そうは兄貴は言ってないけどね」

「言えないわよねそれは。仮にも日本政府側の凌一郎さんが」

「まさか伯父さんが指示したとかじゃないの」

桔平さんが少し強く言うと、旦那さんの唇が歪みました。

「弟としては疑いたくはないけれどね。経緯はともかくも、この『永遠の淑女』は日本に来てしまった」

「ポーツマス卿、怒ってるでしょう。国際問題になるんじゃないのかしら」

ミミ子さんが言います。

「兄貴もはっきり言わないから推測だけど、そのハンターは自分が日本人であることは言ってないんだろうね。ひょっとしたら外国籍の日本人かもしれないし、美術品ハンターであることすら言ってないかもしれない。つまり、ポーツマス卿からしたら正体不明の人間に父親の遺品のひとつを盗まれた、ってことになるんだけど、そもそもなくなっていることに気づいていない可能性もあるね」

「美術品はたくさんあるからですか」

「兄貴の口ぶりではそんな感じだったね。特に高価なものでもないし、大事にしていたってわけでもないのかもしれない。とにかく今のところ『永遠の淑女』がこの日本の〈花咲小路商店街〉にあることを知っているのは、僕たち四人と兄貴とあとは一人か二人ぐらいってことだよ。くれぐれも誰かに言ったりしないようにね」

責任重大です。国際的なことに巻き込まれてしまったようです。

「そこまでは、とりあえずは理解できたけれども」

ミミ子さんが顔を顰めて続けました。

「凌一郎さんは、どういう依頼で、これをどうしろとあなたに持ってきたのよ。鑑定の必要はないわよね。もう出所も、本物ってこともわかっているんだし。そもそも陶板画だから複製も簡単なのよね」

「言うほど簡単ではないけれど、まぁ鑑定とかそういう問題ではないよ」

困ったような顔をして、旦那さんは髭を二本の指で擦ります。

「まず、兄貴が思ったのはね。セイさんが〈怪盗セイント〉だというのは、美術界では周知の事実なんだ。ただし、証拠は何ひとつない。彼を追っている各国の警察も決して尻尾を摑めない」

「日本の警察もですか？」

商店街には刑事さんだっているんです。淳ちゃん刑事さん。そっちの担当ではないって前に誰かに聞きましたけど。

「日本の警察はそれほど熱心ではないんだよ。何故かというと、〈怪盗セイント〉が盗んだと言われているものは全部外国の美術品ばかりだからね。正直言って私たちには特に関係ありませんけど？　ってものだよ。これで日本の国宝クラスのものでも盗まれたのならそりゃあ色めき立つだろうけど」

「捜査協力を依頼されてもしょうがないなぁ、ってもんだよね。形だけ協力して何もわかりませんよーって感じじゃない？」

　桔平さんです。

「まぁそんな感じだね。しかもセイさんを、地方都市の小さな商店街に住む無害な老人を、しかもその土地で慕われている人を、証拠もないのにマークし続けるほど日本の警察は暇じゃないんだよ」

　そう言われてしまうと、確かにって気がしますけど。

「でも、警察はそうだけど、美術界は違うよね」

　桔平さんが言うと、旦那さんは頷きます。

「お兄さんたちの業界ですか」

「そうだね。〈怪盗セイント〉が所有しているかもしれない美術品というのは、商店街にあるあの石像をはじめとして、本当に人類の宝とも言える素晴らしいものばかりなんだ。もしも、そういう美術芸術品を国内で正式に管理ができるのなら、所有権をこちらに移せるのならば、それはそれはとっても素晴らしいことなんだよね。何せ各国からの美術愛好家や観光客で美術館や博物館が潤うんだから。有名な作品の展示会でどれだけたくさんの人が集まるか知ってるよねせいらちゃんも」

「知ってます」

　モナ・リザとか、すごいんですよね。わたしだってそういう素晴らしいものを日本国内で観られるんなら、そりゃあ喜んじゃいます。観に行っちゃいます。

「でも、あの石像はもう誰でも観られますよね」

「本物って認定されていないからね。一時期は話題になったけれど、観光客が押し寄せるわけじゃないさ。それに、あの石像は歴史的にも美術的にも素晴らしいけれども、有名作家の作品ってわけじゃないからね。もしもあれがミケランジェロやダ・ヴィンチの作品だ、なんてなったら凄いだろう？」

それはそうですね。

「だから、兄貴たちも僕にセイさんが〈怪盗セイント〉である証拠を摑めなんて言ってくるんだよ」

「あ」

桔平さんが、軽く手を打ちました。

「その証拠になるものっていうか、取っ掛かりになるものが手に入ったってことなの？『永遠の淑女』が、そのヒントになるものなんじゃないのかって伯父さんは考えたのね」

うむ、って感じで旦那さんが頷きます。

「日記ですね？」

わたしもピンと来ちゃいました。

「まさか、その日記には、ロマンスどころかセイさんの出生の秘密とか、どうしてセイさんが〈怪盗セイント〉になったか、とか、とにかくそういう秘密が書かれていたとか！　そしてこの〈ポーセリン・プラーク〉と一緒にその日記も持ってきてしまったとか！」

旦那さんが思いっきり顔を顰めながら、ゆっくりと頷きました。

「その通り。せいらちゃんは鋭いねぇ」

「その日記はどこにあるの。凌一郎さんが持っているの？」

「兄貴が金庫に保管しているそうだよ。必要になったらいつでも言ってこいってね」

思わず桔平さんとミミ子さんと顔を見合わせてしまいました。

〈怪盗セイント〉の秘密がその日記に。

「せいらちゃんが言ったことはビンゴなの父さん？　日記に書かれているのは前ポーツマス卿がセイさんの父親とかなの」

「兄貴は、そう言っていた。自分でちゃんと読んだらしいよ」

それなら、まさしくセイさんは、イギリスの貴族の出じゃないですか。

「つまり、お兄さんがこれを旦那さんに持ってきたっていうのは、その日記と『永遠の淑女』をエサにしてセイさんに接触して〈怪盗セイント〉のお宝のありかを全部手に入れろってことなんですか」

「そこまではさすがの兄貴も考えていないよ」

旦那さんが苦笑いします。

「それじゃあ脅迫じゃないか。いくら美術界には暗黒面があるって言ってもそんな非道なことはしない。まぁせいぜいがこれをエサにしてセイさんと仲良くなって真実を手に入れて、なんだったら仲間になって貴重な品々を日本のために手に入れてくれてもいいいんじゃないかって感じだよ」

「仲間って」

まさか旦那さん。

「怪盗の仲間入りをするんですか」

「無理だよこの歳で。僕なんか知識だけは〈怪盗セイント〉にも負けない自負はあるけれども、あんな魔術師のような技は持っていないからね」

ですね。それはそうですね。

「それはわかったけど」

ミミ子さんが訊きます。

「『永遠の淑女』と日記が充分セイさんの正体を暴いて、秘密を守る仲間になるエサになるって凌一郎さんが考えたっていうのは、まぁ理解できるわ。それができるのは確かに日本中探してもあなたしかいないっていうのもね。でも、凌一郎さんがあなたにやってほしいって言ってきたのはそれじゃないんでしょう？」

「そうなんだ」

旦那さん、少し天を仰ぐように視線を上に向けます。

「兄貴だって別に美術界の裏のボスってわけじゃないんだからね。『永遠の淑女』

と日記を図らずも手に入れてしまったけれど、さてこれは困ったな、とも思ったんだよ。確かに〈怪盗セイント〉の正体を暴く材料にはなるけれど、果たしてこんな卑劣な手段を使っていいものか、とね」

「そうよ」

ミミ子さんです。

「凌一郎さん、確かに冷たいところはあるけれども悪人じゃないわよね。ある意味悪党かもしれないけど」

悪党かもしれないんですね。

「まぁ悪党っぽいところはあるけれどね」

「ひょっとして」

またピンと来ました。

「この『永遠の淑女』と前ポーツマス卿の日記を、何とかしてセイさんに、じゃなくて〈怪盗セイント〉に盗ませることはできないかって話じゃないんですか旦那さん！　そうすれば勝手にイギリスから持ってきてしまったことは隠せるし、〈怪盗セイント〉もお母さんの遺品みたいなものを手に入れることができて丸く収まるとか！」

「ビンゴだね」

旦那さんが言って、桔平さんが、ちょっと驚いたようにうーんと唸りました。

「そう来たのね」

「結局厄介事を押し付けられたってことね」

ミミ子さんが怒っています。

「凌一郎さんはいつもそうよね。弟のあなたにそういうことを回してきて、自分は高みの見物を決め込んで」

「まぁまぁ」

旦那さんが怒ったミミ子さんをなだめます。ミミ子さん、最初に出会ったのはお兄さんの方のはずだって桔平さんが言ってましたけど、そこには何かがあったんでしょうかね。気になりますけど。

「確かにそれもアリかなぁって気はするんだよね」

〈怪盗セイント〉に盗ませる。

自分で言っといてなんですけど。

「それって、とんでもなくムズカシイんじゃないでしょうか」

「難しいね」

「まず、この『永遠の淑女』と前ポーツマス卿の日記の存在は、〈怪盗セイント〉は知らないんですよね」

「知らないだろうね」

旦那さんが頷きます。

「知っていたのなら、自分の秘密に繋がるものなんだから間違いなく〈怪盗セイント〉は盗み出しているはずだよ」

「そうよね」

桔平さんも大きく頭を縦に振りました。

「見逃すはずないわ。あのセイさんが」

「ということは」

まずはこの存在を〈怪盗セイント〉に知らしめなきゃいけないんですけど。

「そこはイギリスから発信しなきゃならないですよね。しかも、公にはしないで裏の方から伝わるようにですよね。そうしないとマズいんですから。旦那さんイギリスに知り合いとかいるんですか」

「いるよもちろん。まぁ僕にいなくても兄貴にはたくさんいるから、それはどうにでもなるけどね」

「ポーツマス卿に返却するのがいちばん手っ取り早いんじゃないのかしら」

ミミ子さんが言います。まだ怒っています。

「それとなくこの品物の存在をセイさんに知らしめて、かつポーツマス卿のお宅だかお城だかにこっそり返却しておくのよ。そうしておけば、〈怪盗セイント〉なら見事に盗み出すはずよ」

それは確かに。

「そもそも、この存在をそれとなく裏の方から伝えるってことがとんでもなく難しいことじゃないの？　あなたにできるの？」

「難しいよね」

旦那さんが顔を顰めました。

「けれども、不可能ではないかな、って気もするんだよね。しかも意外と、けっこう簡単な方法で」

ミミ子さんがちょっと眼を大きくさせました。

「意外と、けっこう簡単な方法？」

「そう。この商店街で完結してしまうような感じで」

「商店街で？」

どういうことでしょう。さっぱりピンと来ません。

「そもそも、セイさんがここに住んでいて、その間に〈怪盗セイント〉は引退しているんだけど、その後も不可思議なことはけっこう起きているんだよ。その最たるものがあの三体の石像だけどね」

「そうね」

ミミ子さんも桔平さんも頷きます。わたしはそのときにはここにいませんでしたけど、確かに不可思議です。

いきなり商店街の通路の真ん中にあれが現れたんですから。

「そんなことはね、いかに〈怪盗セイント〉といえども、一人でできるはずないと思わないかい？」

そう思います。

「仲間がいるってことね？」

桔平さんです。

「〈怪盗セイント〉を支える仲間が、この〈花咲小路商店街〉に存在すると」

旦那さんが、ゆっくりと頷きました。

「僕は、そう睨んでいるんだよね。そしてね」

わたしとミミ子さんと桔平さんの顔を、静かに見回しました。

「誰が〈怪盗セイント〉の仲間なのかは、大体の見当がついているんだよね」

「そうなんですか！」

誰かが、わたしも知っている人が、〈怪盗セイント〉の仲間。

「誰なの？」

ミミ子さんが訊きます。

「絶対に、内緒だよ。これは僕たちが墓場まで持っていく秘密だからね」

十一　怪盗の弟子って本当ですか？

〈怪盗セイント〉の仲間が、この〈花咲小路商店街〉に。

「内緒にも、秘密にも、もちろんするけれど父さん」

「うん」

「確信、じゃないか、確証か。その人が〈怪盗セイント〉の仲間だっていう確かな証拠があるの？　単なる噂程度でそれを聞かされるのは、何かちょっと困るんだけど」

桔平さんが言います。

「だって、商店街の人間か、もしくはここに深く関わっている人なんでしょう？　噂でもあの人はって聞かされたら、この後困っちゃうよ」

それは、そうですね。

「明日からどんな顔をして会えばいいか迷いますよね」

旦那さんは唇を歪めました。

「確証があるかって言われると、困っちゃうなぁ。そんなの確かめようがないからね。まさか『あなたは怪盗セイントの仲間ですよね？　間違いないですよね？』って訊くわけにはいかないしね」

「ですよね」

それもそうだと思います。

「そして『そうです仲間です』って言うわけないですよね」

「その通り。絶対に言うはずない。でもね、確証はないけれども、確信はしているんだ。間違いなく〈怪盗セイント〉の仲間だってね。仲間と言わずとも、セイさんが〈怪盗セイント〉であることを知っていて、なおかつ協力者でもある人だってね」

うん、って大きく頷いて旦那さんはわたしたちを見ます。桔平さんは少し難しい顔をしました。

「父さんがそこまで言うんなら、間違いないのか」

「誰なの？　早く教えて」

ミミ子さんです。聞きたくてしょうがないんですね。

旦那さんが、深く息を吸い込んでから、吐き出します。そしてわたしたちを見回してから厳かな感じで言います。

「ミケさんだよ」

「ミケさん？」

「ミケさん？」

「ミケさん？」

三人で同時に言ってしまいました。ミケさんって。

「あの〈たちばな荘〉に住んでるミュージシャンのミケさんですか？」

「そうだね」

ミミ子さんと桔平さんと三人で顔を見合わせてしまいました。桔平さんが首を捻ります。

「ボクはミケさんってあんまり知らないんだけど、〈あかさか〉の淳ちゃんの恋人だって？」

そうですよね。桔平さんはヨーロッパに住んでいることが多くて、ミケさんは昔からここに住んでいるわけじゃないはずです。だからあまり知らないのも当然です。

わたしもばったり会えば挨拶はしますけど、まだそんなに親しくはなっていませんん。長い黒髪が素敵なミケさんはどこで髪を切っているんでしょうか。

「うちに髪を切りに来たことはないですよね」

「そうね。どこで切ってるかは知らないけど。もう〈あかさか〉の淳ちゃんとは結婚するんじゃないかって話よ」

ミミ子さんが言います。

「あの素敵なストリートミュージシャンのミケさんが、怪盗の仲間で、しかも刑事の恋人ってことなの？」

〈和食処あかさか〉の淳ちゃん刑事さんは、そのまま、本当の本物の刑事さんです。

中学校まではこの商店街に住んでいて、引っ越ししましたけどその後刑事になって戻ってきて、母方のおじいちゃんとおばあちゃんである赤坂《あかさか》さんの家に住んでいるって聞きました。

「どっかのアニメみたいな話ですよね。怪盗の仲間なのに刑事の恋人って」

言うと旦那さんが苦笑いして、ちょっと首を横に振りました。

「確かにそういうふうに言うとどっかのアニメみたいだね。でも、淳ちゃんの、刑事の恋人になったたっていうのは単なる偶然というか、まぁこの場合は運命と言った方がいいのかもしれないけど、たまたまだろうからね。別に狙ったわけじゃないと思うよ。淳ちゃんが帰ってきたのだって本当にたまたまなんだからね」

「それは、そうよ」

ミミ子さんも頷きます。

「その二人がここで出会うなんて、もしも本当にミケさんが〈怪盗セイント〉の仲間なら神様の仕組んだ悪戯《いたずら》みたいなものよ」

「そうだと思うよ。ミケさん、本名は三家《みつや》あきらさんだね。三つの家って書くから、昔からミケってあだなで呼ばれているんだってさ」

「なるほど」

それは知りませんでした。でもミケさん、本当に猫のようにしなやかな感じの女性です。笑顔も素敵で本当に淳ちゃん刑事さんとお似合いなんです。

「でもね、ただのストリートミュージシャンではなく、美術系の大学を出てイラストレーターとしても活動していて、美術の専門学校の講師もしているんだ。つまり、そもそもが美術系の人なんだね」

「そうだったんだ」

桔平さんが頷いています。

「まさかそれだけが根拠じゃないよね？　美術系の人だってことで」

「まさかだよ」

旦那さんが顔を顰めます。

「これは本当に僕しか気づいていない話だからね。絶対に誰にも言っちゃあ駄目だよ」

「もちろんよ」

ミミ子さんが頷きます。わたしも力強く頷きました。大丈夫です。〈鋼鉄のセーラ〉です。

「以前に、もう二年も三年も前になるかな。ミケさんが〈たちばな荘〉に住み始めてすぐの頃だよ。兄貴がある絵画の修復を頼まれたんだ。これもちょっと内緒の作業だったから詳しくは言えないけどね」

旦那さん、芸術のことに関しては内緒事が多いです。それだけ美術界は複雑怪奇なものなんでしょうか。

「絵画の修復は、皆も何かで見たことがあると思うけれど、とても繊細でかつ芸術的なセンスを必要とするんだ。とても素人ができるものじゃない。まぁそもそも修復作業なんか素人にはできないんだけど」

旦那さん自分で自分にツッコミましたね。

「ところがね、その修復を見事にこなした無名の画家がいたんだ」

「まさか、それがミケさん？」

ミミ子さんが訊くと、旦那さん頷きます。

「その通り。ミケさんだったんだ。いったいどこでその修復の技術を養ったのか、その腕は見事なものであったことは間違いないんだ。一流と言ってもいいぐらいにね。兄貴の方でももちろんそれで問題なかった。何せ秘密の作業だったから、腕が確かならそれで何の問題もなかったんだよ」

桔平さんも頷きます。

「僕も一応そっちの知識もあるからね。ご近所の若い女の子がそんな技術を持ってるなんて、って驚いたから、たまたますぐにミケさんの出た大学の知り合いに会う機会があったのでそれとなく確かめてみたんだよ。ミケさんの経歴をね。どこでどうやって修復の技術とかそういうのを身に付けたのか。そうしたらね」

「そうしたら？」

旦那さんは一度眼を閉じてから言いました。

「まず、彼女は天涯孤独の身の上だった」

「天涯孤独？」

「そう、ミケさんは施設で育ったんだ」

施設。

「児童養護施設ってこと？」

桔平さんが訊きます。

「そう。ミケさんはね。生みのご両親が誰なのか、どこにいるのかはまったくわからないんだ。いわゆる捨て子だったんだね。これはミケさんが自分で言っていたらしいけど、病院の玄関に捨てられていたとか」

「ひどい」

そういうニュースはたまに聞きますけど、本当に信じられません。旦那さんが頷いてから続けます。

「ひどいけどね。それでも病院に捨てられていたってこと自体まだマシな方だったって自分でも言っているらしい。そのまま殺されたり死んじゃったりしないでね。つまり彼女は今は、生きてて良かったと思って生きているらしい」

「強い人なんだね」

桔平さんが言います。

「そうだね。良かったよ。彼女はそういう不幸な生い立ちにもめげずに、援助を受けて学校に通い、大学も出て、ちゃんと自分の二本の足で立っている立派な女の子に育ったんだよ」

そうだったんですね。

「けれどもだね。彼女が通った大学では絵画修復の技術なんて正式には教えていなかった。恩師である人たちもミケさんがそんな技術を持っていることは知らなかった。それ以前にね、彼女は大学に入ってきたときから、既にもう教えることはないほどに素晴らしい様々な美術的な技術を持っていたんだってさ」

「へぇ」

桔平さんです。

「ということは、ミケさんはもっと小さい頃から、ずっと誰かから美術関係の手ほどきを受けていたってことなの？」

「そうじゃなきゃおかしいよね」

何かを確かめるように旦那さんが深く頷きました。

「ピンと来たんだよ」

「何がですか？」

「普通なら、それ以上は確かめないよ。それなら施設の誰かがそういう技術を持っていたとか、あるいはどっかの美術関係の塾にでも通っていい先生がいたんだな、頑張ったんだなって思うくらいでね。じゃあまた今度そういう修復関係の依頼があったら、ご近所のよしみで彼女にこっそり頼んでみようかなってね」

「そうよね」

ミミ子さんも頷きます。

「そこで止めておかないと、ストーカーかよ、って言われちゃうわよ」

まさしくそうです。旦那さんも苦笑いします。

「ほとんどストーカーのようになってしまったけどね。ピンと来たって言うのはね、ミケさんがわざわざ〈花咲小路商店街〉にやってきて住み始めたのは、セイさんに何か関わりがあるんじゃないかと思ってね」

「それは、伯父さんから頼まれていたから？　セイさんが〈怪盗セイント〉であることを確かめてくれって」

桔平さんに、うん、って旦那さんは頷きました。

「それがあった。絵画の修復技術を持っている若い女の子が、こんな普通の商店街の小さなアパートに住み始める理由が見当たらないじゃないか」

「そうなんですか？」

「だって、彼女の職場である美術の専門学校は、東京の神保町《じんぼうちょう》にあるんだよ？」

「神保町」

行ったことあります。古本屋がたくさん集まっている街なんですよね。わたしはあんまり興味はないですけど。

「だから、まぁ電車一本で東京に行けるとはいえ、遠く離れたこの町に住む理由なんか何一つないんだよ。彼女が〈たちばな荘〉に住み始めたときにはまだ淳ちゃんもここに戻ってきていなかったから、それはまったく関係ないしね。ストリートミュージシャンをやるにしたって、東京に住んでいた方が絶対にいいじゃないか」

「そうね。向こうの方がチャンスも人も多いしね」

ミミ子さんが言うのにわたしも頷きました。確かにそれはそうです。

「〈たちばな荘〉の家賃が相場よりめちゃくちゃ低いわけでもないし、そもそも〈たちばな荘〉はちょっと特殊だから、部屋の空き情報なんかネットに載っているわけでもない。この町の不動産屋ぐらいしか知らないんだ。彼女は天涯孤独だから、親戚が近くにいるとかはない。どう考えても、彼女が〈花咲小路商店街〉に住み始める理由が思いつかなかったんだ」

「唯一考えられる理由が、親しい関係者が同じ町に住んでいるから、ってことね？それが、セイさんなんじゃないかって考えたのね」

桔平さんが言うと、旦那さんがそうだよって続けます。

「まぁミケさんにだって親しい女友達がいるだろうし、その時点では恋人がこの町にいるとか、っていう可能性ももちろん考えたよ。それでここに引っ越してきたのかってね。でも、セイさんは、〈怪盗セイント〉は芸術関係の修復において卓越した腕を持っているのは間違いない。そしてミケさんもそうだった。こんな寂れた商店街にそんな人が二人もいるなんて、ただの偶然にしちゃあ、出来過ぎじゃないかい？」

　そんなふうに言われたら、確かにそうです。

「オリンピックで同じ種目で金メダルを獲った選手が、偶然に二人も揃ったみたいなものですよね」

　皆が微妙な顔をしたけどたとえがちょっと違いましたか。

「いや、間違っちゃいないね。そんな感じだよ」

「それで、どうしたの。まさかそれだけで断定したわけじゃないでしょうね。そこから何を調べたの？」

　ミミ子さんです。

「僕も探偵ではないからねぇ。それ以上調べることなんかできないし、本人に訊くわけにもいかない。そこで意地悪な僕は、試してみたんだ。兄貴には内緒で諸岡さんを通して、彼女に〈ある絵画〉の修復をお願いしたんだ。僕が関わっているとは絶対にバレないようにしてね」

「ある絵画、ですか？」

「そう〈ある絵画〉だね。それは実は〈怪盗セイント〉に盗まれたとされる絵画のひとつだよ。その複製画だね」

「複製画、ってことは、贋作だね」

桔平さんが訊きます。

「そう。贋作だよ。それもかなり精度の高い贋作で、たぶん大抵の人は本物だと騙されるような代物。贋作と見抜けるのは僕の他には世界でも二、三人だろうね」

「〈怪盗セイント〉を除いてね」

ミミ子さんの言葉に旦那さんも頷きます。

「そう、〈怪盗セイント〉ならすぐにわかる。そしてもしもミケさんが〈怪盗セイント〉に関わる人ならすぐに見抜けると思ったんだ」

「見抜くって」

どういうことでしょう。

「それを見抜いたかを何で判別するんですか？」

訊いたら、旦那さんはにっこり微笑みました。

「その修復の〈度合い〉だよせいらちゃん」

「度合い、ですか」

「損傷の度合いによってどこまでどうやって修復するかは、その修復士の腕やセンスにもよるんだけど、そのときにはもちろん贋作だなんて知らせずに、本物だと知らせて修復してもらったんだ。でもね、ミケさんが修復して上がってきたその〈ある絵画〉はね」

「わかったわ」

桔平さんです。

「明らかに〈贋作〉だとわかっていて修復した度合いだったのね」

「その通り」

旦那さんが、頷きます。

「〈贋作〉だと知っていないと踏み込めないところまで完璧に修復していた。つまり、真作ならば絶対に躊躇《ちゅうちょ》する度合いまで踏み込んで直していたんだよ。絵画の修復は極めて微妙で微細な世界なんだ。真作、本物ならば、仮に損傷していたとしてもそのままの姿で残すことをよしとする場合がほとんどなんだ。それなのに彼女は修復としての完成度をギリギリまで追求して躊躇なく直していた」

「つまり、あれですか」

訊いてみます。

「わたしたちにたとえると、髪の毛を切る練習用のウイッグと、本物のモデルさんの差、ってことでしょうか」

「その通り！」

パン！　と、旦那さんは手を打ちます。

「そうなんだよせいらちゃん。たとえ同じ髪形にするにしても、練習用のウイッグを切る場合と本人の髪の毛を切る場合、数パーセントでもハサミに込める力が変わってくるよね？　贋作と真作の修復もまさにそんな感じなんだよ。結果として同じようなものでもほんの僅かな差が出てくる」

「そこに、あなたは見たのね。ミケさんの修復士としての腕の中に、躊躇いのない部分を。贋作とわかっていたからこそ、思いっきり踏み込んで完璧な修復を施したってことなのね？」

旦那さんが、大きく頷きました。

「その〈ある絵画〉が〈怪盗セイント〉に盗まれたことは、本当の関係者しか知らない。ミケさんは間違いなくそれを知っていた。そしてミケさんは我々のような〈裏側〉を知る美術関係者ではない。つまり」

「〈怪盗セイント〉側の人間、と、あなたは結論づけたのね」

ミミ子さんが大きく頷きながら言いました。

「いや、でも」

うーん、と唸りながら桔平さんが言います。

「それはわかったわ。父さんの眼ももちろんボクは信用しているし、話としてはよっくわかったわ。確かにミケさんは〈怪盗セイント〉の、セイさんの関係者なのかもしれない。セイさんに美術関係の手ほどきを受けたのかもしれないけれど、断定しちゃうのは、怖いわね」

旦那さんが、にいっ、と微笑みました。

「まだ話の続きがあるんだよ」

「あるの？」

「後日、匿名の手紙があるところに届いたんだ。〈ある絵画〉は贋作なのでもう一度きちんと鑑定し直した方がいいってね」

手紙。

「その手紙は、誰が書いたかはもちろんわからなかったんですよね」

「わからなかったね。しかも消印は何故か北海道の札幌《さっぽろ》だったよ」

「札幌ですか！」

それは、遠いです。でも一度は北海道に旅行に行ってみたいです。桔平さんが、顔を顰めました。

「間違いなくその手紙はミケさんが出したものでしょうね」

「それ以外考えられないね。しかも後日って言ったけれど、何ヶ月も経ってからまったく別の関係者のところに、だからね。用意周到だよ。さすが〈怪盗セイント〉の仲間だって思っちゃったよ」

「じゃあ、ミケさんは旦那さんがそれを仕組んだことはまったくわかっていないんですかね」

「わかっていないだろうね。そこはそれこそ用意周到にやったからね。わかっていたらそんな手紙は送らないよ」

「手紙を送るってところに、誠実さがあるわよね」

ミミ子さんです。

「放っておいても自分たちには何の利益も不利益もないのに、やっぱり〈怪盗セイント〉は紳士よね」

「そういうことだね」

旦那さんも納得したように頷きます。そういうことだったんですか。桔平さんも腕を組んで、唸りました。

「わかった。どうやらミケさんは本当に〈怪盗セイント〉の仲間、もしくは弟子みたいなもので間違いないみたいね」

「ここではどうなんですか？」

訊いてみました。

「ここって？」

「商店街で、セイさんとミケさんが仲が良いとか、よく会っているとかはあるんでしょうか」

ミミ子さんも旦那さんも首を捻りました。

「それは、あまりというか、全然聞かないわね二人の話は。もちろんお互いに知ってはいるだろうけれど」

「そうだろうね。その辺ももちろんわかってやってることだと思うよ。近くに住んでいても、関わりがわからないようにね」

そうですよね。

「でも、もしも本当にミケさんがセイさんの仲間なんだとしたら、少し寂しいですね。近くにいるのに仲良いところを見せられないなんて」

ふむ、って感じで旦那さんも頷きます。

「年齢からしても、桔平が言ったように弟子と考えるのが正しいのかもしれないね。ひょっとしたら〈怪盗セイント〉は自分の技みたいなものを、ミケさんにたたき込んだ文字通りの師匠なのかもしれない」

「まぁ、本当に怪盗なら、その技を伝えるなんておおっぴらにはできないものね。そこは仲良くできなくてもしょうがないわよ」

「ですね」

「それで？」

桔平さんです。

「父さん、ミケさんにどうやって今回のことを頼むの？　『実は君の正体を知っているよ』って言うの？」

「言えるわけないだろう」

「言えないわよね」

言えないですね。

「そんなことをしたら、ミケさんはこの町から出ていってしまうかもしれないじゃないか。婚約者というか、恋人は刑事の淳ちゃんだよ。若い二人の幸せな未来を壊すような真似ができるはずないじゃないか」

「そうよねー」

「ゼッタイにミケさん、内緒にしていますよね」

「してるに決まってるわよ。そもそもミケさんは〈怪盗〉には関係ないんじゃないの？　その美術系の技を教えてもらっただけで」

桔平さんが言います。

「たぶんそうだと思うよ。そもそも〈怪盗セイント〉が怪盗として活躍したのはイギリスでなんだから、ミケさんにはたぶんまったく関係ない。だから刑事さんが恋人でもなんらやましいところはないと思うんだけど」

「それでも黙っているわよねきっと」

ミミ子さんが言って、うんうん、と皆で頷きました。

「じゃあ、どうする？　そもそもゴールはどこに設定するの？　伯父さんはたぶんこのまま〈ポーセリン・プラーク〉と〈日記〉を〈怪盗セイント〉に盗ませることで、〈怪盗セイント〉の尻尾を摑もうとしているのよね。それにそのまま加担しちゃって、父さんは良いの？」

桔平さんに言われて、旦那さんは顔を顰めました。

「良くはないね。実はそんなことはしたくないけれど、でも〈ポーセリン・プラーク〉と〈日記〉が日本にあることは間違いないんだから、何とかしなきゃならない。そして、ミケさんが〈怪盗セイント〉の仲間であることはわかっているんだ。その辺で、何とか良い手はないかなぁって思っているんだけど」

良い手。

実はさっきから思っていたことがあるんですけど。

言ってみました。

「何にも知らないってことでいいんじゃないですかね」

「知らないって？　どういうことせいらちゃん」

「あのですね」

「うん」

「ミケさんが絵画の修復をしたことがあるのは、お兄さんの関係者なら知っているんですよね。それは確かにおおっぴらにはできない秘密の作業だったんだけど、別に犯罪ってわけじゃないんですよね」

「違うね。犯罪ではないよ。ちゃんとギャラも払っているし、ミケさんも確定申告しているはずだよ」

ちゃんと真っ当な仕事だよって、旦那さんが力強く頷きながら言いました。

「じゃあ、旦那さんがそれを知っていても、まったくおかしくないわけです。兄弟なんだから。ですよね？」

旦那さんとミミ子さんが顔を見合わせました。

「まぁ、おかしくはないね。僕も一応美術の鑑定士として仕事をすることはあるんだしね」

「それなら、旦那さんがミケさんに依頼すればいいんじゃないですか？」

「依頼？」

「はい」

「何を依頼するんだい？」

「この〈ポーセリン・プラーク〉の複製です。もうひとつ、その日記とやらの複製もお願いするんですよ。そっくりに作ってくれないかって」

「複製？」

「旦那さんは、ミケさんの修復士としての腕を知っています。でも、〈怪盗セイント〉の弟子ってことは知らないって顔をして依頼するんです」

旦那さんは眼をぱちくりとさせました。

「僕が、ミケさんに」

「そうか！」

桔平さんです。

「ミケさんに、何にも知らない顔をして、全部話してしまうのね？　この〈ポーセリン・プラーク〉と〈日記〉を手に入れた経緯を」

「そうです。話すんです。話した上で、二つの複製を依頼するんですよ。きっとミケさんは絵画の修復だけじゃなくて、陶板画を複製したり、日記の文字を完璧に写し取ったりする技術があるんじゃないですか」

「それは」

旦那さんが、ちょっと眼を細めながら頷きます。

「〈怪盗セイント〉の弟子なら、あるだろうね間違いなく。ましてやミケさんはグラフィックデザインの方の専門家でもあるから、書体なんかにも詳しいだろうし、カリグラフィの知識もあるだろうね。あ、カリグラフィっていうのは、英文字をきれいに書くことね。日本の書道みたいなものだよ」

それは知りませんでした。

「こういう事情で手に入れてしまったけれど、何とかして穏便に済ませたい。穏便に済ませるには、複製を作ってそれをポーツマス卿のところに返却しようと考えているんだって、ミケさんに話すんです。ポーツマス卿は盗まれたことを知らないんですよね？　たぶんそんな陶板画と日記があったことも知らない」

「知らないというか、その意味がわかっていないね」

「じゃあ、同じような複製を作っちゃって、こっそり返しておけば誰も傷つかないし、それでいいんですよ。日記の中身も書き換えちゃうんです。〈怪盗セイント〉に関するところだけ。旦那さんなら、その当時の英語の書き方とか詳しいですよね？

日記に書いてある〈怪盗セイント〉に関するところを全然別のものに書き換えちゃうのは簡単じゃないですか。いえ、難しいでしょうけど、できるんじゃないですか」

旦那さんの眼が丸くなりました。

「日記を丸ごと？」

「はい」

「複製を作る？」

「そうです」

旦那さん、眼をパチパチさせました。ミミ子さんが、うん、って頷きました。

「できるわよね？　あなた」

「できないことは、ない、か。うん、できるか」

「日記って、ひょっとして革の表紙とかだったとか」

桔平さんです。

「そうだね」

パン、と桔平さん手を打ちます。

「じゃあ、そこはボクがやるわよ。革製品なら任せておいてよ」

「しかし、当時の紙とかを手に入れるのは難しいよ」

「え、でも鑑定なんかしないですよねポーツマス卿は。日記としてそこにあればそれでいいんでしょうから。ごまかせるんじゃないでしょうか。あとは、完成した複製品をどうやって返せばいいかですけど」

「そこは、伯父さんに頼めばいいのよ。もちろん、騙してね」

　桔平さんです。

「騙す？」

「父さんがうまく〈怪盗セイント〉に渡りをつけたってことにしちゃえばいいのよ。ポーツマス卿のところに戻せば〈怪盗セイント〉が盗みに行くはずだって。つまりポーツマス卿のところに、それがあるってことを何とかして伝えることに成功したって言えばいいのよ。伯父さんに。伯父さんなら、ほら、美術品ハンターとかに知り合い多いんだから、その連中に返してもらうように頼めばいいのよ」

「でも、そうやって返させても、いつまで経っても〈怪盗セイント〉には盗まれないでそこにあるのよね」

　ミミ子さんです。

「そういうことよ。贋作がポーツマス卿のところに戻されて、本物はミケさんの手から間違いなく〈怪盗セイント〉の下に渡る。これで、〈怪盗セイント〉の謎は永遠の秘密になるわ」

「つまり」

　旦那さんが髭をいじりながら言いました。

「僕たちと〈怪盗セイント〉で、兄貴をだまくらかすってことか」

「そうです。しかも、わたしたちは〈怪盗セイント〉のことは何一つ知りませんってことで」

それで、大丈夫なんじゃないでしょうか？

十二　企みって、大変なんですね

ミケさんに〈ポーセリン・プラーク〉と〈日記〉を渡して、事情を全部話して〈複製〉つまりポーツマス卿に返却する〈贋作〉の制作をお願いする。

そうすれば、本物のそれは〈怪盗セイント〉の秘密を秘めたものだから、黙っていてもミケさんの手でそのままセイさんに渡されるだろう。

そしてミケさんが複製した贋作をわたしたちが何とかしてポーツマス卿にこっそり返却する。贋作なのだし既に本物がセイさんの手にあるので、ポーツマス卿の下にあるそれを盗みに来る人はいない。

それで、〈怪盗セイント〉の秘密は永遠に保たれて、旦那さんもお兄さんを騙して平穏無事に済ませることができる。

「いやいや、贋作はいいよね。ミケさんに頼むってのもいい。うん、せいらちゃんいい考えだよ。いいけれども」

旦那さんが髭を擦りながら言います。

「〈日記〉にどこまでちゃんと書いてあるかが問題だけど、〈本物〉の処理をミケさんがしたらマズいんだよ。ミケさんが〈怪盗セイント〉の弟子なんて僕たちは知らないことになっているんだから」

「あ、そうでした」

ミケさんがそのままセイさんに渡したら、わたしたちもそれを知って期待していたってことになってしまいますね。

「だから、もしもその手で行くんなら、ミケさんは少なくとも二つずつ贋作を作らなきゃならなくなるね」

「二つずつ」

「そう、まずはポーツマス卿に返却する〈ポーセリン・プラーク〉。本物そっくりなものを二枚作る」

「一枚はポーツマス卿に、もう一枚は」

「僕たちだよ。そして本物はセイさんにミケさんが持っていくんだ」

なるほど。

「じゃあ、〈日記〉が問題になりますね」

「そう、〈日記〉の内容をちゃんと確認しなきゃならないけれど、どんな内容であれセイさんに関わることが書いてあるのは間違いないんだ。だから、本物とそっくりそのまま同じ内容のものは作れない。セイさんに関わる部分を変更したものをふたつ作って、本物はセイさんへ」

「ひとつはポーツマス卿、そしてもうひとつはわたしたちに、ですか」

「そういうこと。ミケさんがもしも僕たちの企みに気づかなければ、そうするんだろうね。これは大変な手間暇が掛かるよ」

「そうか」

桔平さんが困った顔をします。

「そうすると、革の表紙をボクが作るって言えなくなっちゃうのか。贋作をふたつ作ることはあくまでもミケさんの内緒の判断であって、それをボクたちに知られてはマズいものね」

「そういう話になってしまうんだよ」

うーん、って唸ってしまいました。いい考えだと思ったんですが、ちょっと穴があってそしてその穴が大き過ぎました。

「まさに穴があったら入りたいです」

いやいや、って旦那さんが手を振ります。

「いい考えなんだ。せいらちゃんのアイデアは使えると思うんだけど、もっと綿密な台本が必要だね」

「台本ですか」

「そうね」

桔平さんもミミ子さんも頷きます。

「ミケさん、とても頭の良い子よ。ましてや本当にセイさんの、〈怪盗セイント〉

の弟子なら下手な嘘なんか見抜かれちゃうわよ」

「旦那さんが素直に話せばいいと思ったけど、それではダメですねー」

「僕たちが、ミケさんを〈怪盗セイント〉の弟子ではないか？　なんて考えてもいないということをきっちりわかってもらわなければならない。決して匂わせてはならないんだよ。その上で本物がセイさんの手に渡るようにしないと、そうじゃないと、この依頼自体をミケさんは疑ってしまうだろうからね」

　そうですね。

「だからまず、兄貴が何故これを僕のところに持ってきたかをごまかさなきゃならないんだ。ミケさんだって美術界の人であることは間違いないんだからね。僕の兄貴のことも知っているし、その目的を推察されてしまうからね」

　うーん、と皆で考え込んでしまいました。

「お兄さんの存在を消した上で、〈ポーセリン・プラーク〉と〈日記〉が今ここにあるという嘘の話を作らなきゃならないんですね。ミケさんが信じるような」

「そう」

　旦那さんが難しい顔をして頷きます。

「しかも、自然になるように」

「そうそう」

　自然にです。ナチュラルにです。誰もが信じて裏なんてないってことを感じ取れるような。

隣を見て、ピンと来ました。

「あ！　じゃあ、旦那さん。いちばん簡単で自然な話があります！」

「簡単？」

「自然？」

旦那さんと桔平さんが順番に声を上げました。

そうです。すごく簡単でわかりやすいです。

「桔平さんですよ。桔平さんが、この〈ポーセリン・プラーク〉と〈日記〉を日本に持ってきてしまった、ってことにするんです！」

「ボクが？」

一瞬間があって、なるほど！　って旦那さんが手を打ちました。

「桔平なら、ヨーロッパのあちこちで生活しているし、革職人としていろんなところに出入りしていてもまったくおかしくない、か。しかも僕の息子だから一応美術関係にもそこそこ詳しいしね」

そうです。

「桔平さん、イギリスで貴族っぽい人のところに出入りしたことってないですか」

桔平さんが眼をパチパチさせました。ちょっとびっくりしていますね。

「ないことは、ないわね。貴族っぽいどころかさる本物の貴族の方のお屋敷まで行って、革製品の注文を受けて何ヶ月も滞在したこともあるわよ。あれは大変だったわぁ、お金にはなったけれど」

「どんなことをしたんですか」

「ひとつの部屋の革製品を全部きれいにしたのよ。革製品って言っても革が使われているもの全てよ。だから椅子から机から本棚から服から本まで何もかもよ。しかもエイジングって言って部屋のイメージを崩さないように古そうな感じに見せなきゃならなかったから、本当に大変だったわよ」

「え、何のためにそんなことしたんですか」

「煙草よ」

桔平さんは顔を顰めます。

「煙草っていうか、そこでは葉巻ね。葉巻の匂いが革にも染みついちゃっているから、それを全部きれいにしたいっていう、当主の女性の依頼だったのよ」

「それは、けっこうな料金を取れたんじゃないかい」

旦那さんが訊くと、桔平さん頷きました。

「まぁまぁね」

それなら、バッチリです。

「完璧じゃないですか。桔平さんには悪いですけど、ポーツマス卿からそういうような依頼があってずっと籠っていて、そのときに〈ポーセリン・プラーク〉と〈日記〉を持ってきちゃったことにするんですよ」

「いやいや待ってせいらちゃん。どうしてボクがそれを持ってきちゃうの」

　そこです。

「桔平さんは、例の〈美術品ハンター〉の仕事をしていたってことにしちゃえばいいんじゃないですか？」

「ハンターか！」

　ぺしん！　と桔平さんが自分のおでこを叩きました。

「ヨーロッパで活動する革職人が表の顔で、裏の顔は父親と伯父譲りの、いえ朱雀家の血に脈々と流れる才能で美術品ハンターとして小遣い稼ぎをしていたってことにするんですよ桔平さんは！」

「朱雀家の血ね」

　桔平さんが苦笑いします。

「そして桔平さんはここの住民ですから、セイさんのことも亜弥さんのことも知っています。〈日記〉の革の表紙を直そうとして中身を読んでいて、あれこれは？　って思ったんですよ。セイさんが〈怪盗セイント〉ではないかって疑われているのは、商店街ではけっこうな人が知ってるんですよね」

「知ってるね」

「だから桔平さんも知っていた。それで慌ててこの〈日記〉を持ってきてしまった。

持ってきたはいいけれども」

気づきました。

「あ、それじゃダメですね」

「うん、ダメね」

ミミ子さんです。

「桔平が亜弥ちゃんからおばあちゃん、セイさんのお母さんの名前を以前に聞いて覚えていて、そして〈日記〉を読んでしまって、これはセイさんのお母さんの過去、ひいては〈怪盗セイント〉の正体に繋がってしまうものじゃないのか？　ってびっくりして日本に持ってきたんなら、そのままセイさんに渡せばいいだけの話よね。そもそも持ち帰ってくる意味はセイさんに渡す以外ないわよね」

「そうですよね」

それをわざわざ複製である贋作を作って、向こうに返す意味がわからなくなってしまいます。

「いや、いいんだよ！　それで！」

旦那さんは拳を作って自分の手の平に打ち付けます。

「ポーツマス卿に疑われて、困ってしまったんだよ桔平は」

「バレたってことにするの？　持ってきたことを」

「そうだよ。ポーツマス卿は〈ポーセリン・プラーク〉と〈日記〉がないのに気づいた。そして桔平が持っていったとしか考えられない状況だった。金銭的には大して価値のないものだが、そして欲しいって言ってくれれば素晴らしい仕事をしてくれたのでその報酬として進呈したかもしれないのに黙って持っていっては困る、と」

「警察に言わないですかそういうの」

訊いたら、言わないね、って旦那さんが続けます。

「何せ向こうは貴族だからね。さして価値のないものを持っていかれたぐらいで、素晴らしい腕を持った職人が多少魔が差した程度のことで大騒ぎはしないよ。ましてや部屋に招き入れたのは他ならぬ自分自身だ。自分が信用して桔平を迎えたのだから、大騒ぎなんかしたら、それは自分の眼が節穴だったってことを世間にわざわざ広めてしまうことにもなる」

「なるほど」

貴族でいるのも大変そうですね。

「だから、『あの部屋にあったこの品物二点がないのだが君は何か知らないかね？』って桔平に訊いてきたことにするんだよ。もしも、仮に、うっかり間違って自分の荷物と一緒に日本に持ち帰ってしまったのなら、そっと返しておいてくれないかって言われたってね」

桔平さんが頷きます。

「それはつまり、黙って返せば不問に付すからよろしくね、って意味よねその場合は！」

そうなんですね。それがヨーロッパの貴族の方々のやり方なんですね。

「それなら、いいわね！」

ミミ子さんが頷きます。

「うちのどら息子の不始末を何とかしてミケさん助けてちょうだいってことにできるから、気が楽よね」

うんうん、って皆が頷きながら頭の中でシミュレーションしました。

「じゃあ、これで何とかなりそうですけど、まだ問題がひとつありますよね」

「そうね」

「そこだね」

「そこよ」

皆がわかっていたみたいです。

「〈日記〉にどこまではっきり書かれていたか、ですよね」

皆が頷きました。

「仮に〈矢車聖人〉が〈怪盗セイント〉である、なんて書いてあったらさすがにそこをどうするか、ですよね」

「まぁ〈矢車聖人〉が誕生するのはそのずっと後だからさすがにそこまでは書かれていないだろうけどね。何はともあれ〈日記〉を持ってきてもらおうか」

☆

〈日記〉はさっそく凌一郎さんのところから届きました。今度は凌一郎さんが直接持ってはこないで、秘書のトモエさんが持ってきてくれたんです。

トモエさん、相変わらず美人です。そして色っぽいです。全然色っぽくない黒のスーツなんですけどそれが余計に女性らしさを引き立てています。

「凌次郎さん。凌一郎さんから、どのようにするかをある程度聞いてこいと言われているのですが」

トモエさんがそう言ってからちらっと旦那さんを見ました。

「でもいつものように、まだ言えない、という感じでしょうか？」

「そうだねぇ」

旦那さんが髭を擦ります。

「とりあえず、何とか目処がついたけれど、これからいろいろ仕込まなきゃならないから、さしあたって一ヶ月は待ってよって言っておいてくれないかな」

「わかりました」

トモエさん、にっこり笑って、ではこれで、と帰っていきます。秘書の人ってどうしてあぁも颯爽としているんでしょう。わたしには逆立ちしても無理な感じです。

革で作られた表紙の日記帳です。ものすごい長編の単行本ぐらいの厚さがありますし、大きさは、もっと大きいです。そもそも見ただけでは日記帳とは思えません。

「昔の人はこういうものに日記を書いていたんでしょうか」

旦那さんに訊くと、少し首を傾げました。

「まぁ何をもって〈日記帳〉とするか、だけどね。上流階級の人たちは日記を書くことをひとつの習慣にしていたから、いわゆる〈ダイアリー〉というものはいろんな形状や形式のものが出ていただろうね」

「そもそも全部特注品よね」

桔平さんです。

「そうだね。何もかも職人の手作りの時代のものだろうから。工場での大量生産が始まる前のことだね。さて、じゃあ読んでみようか」

今から全部読むのは大変ですけど、凌一郎さんが確認したところ、〈怪盗セイント〉とそのお母さんに関係ありそうな文面のところにしおりが挟んでありました。

旦那さんはゆっくり日記帳を開いて、読んでいきます。

「難しい英語なんですか」

「いや」

少し首を傾げました。

「古くさくて堅苦しい英語ってだけだね。今のアメリカ人なら読むのがいやんなるかもしれないし、わからない英語表現もあるだろうけれど」

　そういうものなんですね。

「なるほどね。確かにポーツマス卿の父親は〈シーラ・スティヴンソン〉なる女性と恋仲になっているようだね。妻がいるのにもかかわらず、だね」

「許せないですねそこは」

　言ったらミミ子さんも頷きました。

「どんな時代でも泣くのは女よね」

　旦那さんが咳払いします。

「ま、それはともかくとして」

　別のページをどんどん開いて読んでいきます。

「息子が生まれたことを喜んでいるね。どうやら名前を付けたのはポーツマス卿の父親だね。うん〈ドネィタス・ウィリアム・スティヴンソン〉とはっきり書いてある」

「間違いなく、セイさんの英語名よね」

「この名前と同姓同名の人がいるとはあまり思えないね。しかも母親の名前も同じとなると、間違いなくこの〈シーラ・スティヴンソン〉はセイさんの母親だろう」

　またページを捲っていきます。

「どうやらポーツマス卿の父親はあまり筆まめではなかったようだね。日付が日どころか年単位で飛んでいるね。このページはセイさんが生まれてからもう十年以上が経っているよ」

「随分筆無精ね」

「何か大きな出来事や、書いておいた方がいい日のことだけを書き留めているみたいだね。あぁ、どうやら正式には息子を認めず、セイさんの母親とセイさんは離れたところに住んでいるみたいだね。あ」

「どうしたの?」

「亡くなられたようだね。セイさんの母親は。えーと、まだセイさんが、この日付からすると、十代半ばってところかな」

「それで、セイさんはどうしたんでしょう」

「ちょっと待ってね。えーとここには何が書いてあるんだ。うん、あぁそうか。ちゃんとした学校の寄宿舎で暮らしていたんだねセイさんは。きっと前ポーツマス卿が父親としてお金は出していたんだろうね」

なるほどですね。

「それで、また少し時が飛ぶね。あぁ、ここでようやく〈Last Gentleman-Thief "SAINT"〉の名前が出てきたね」

「出たんですね」

「セイさんが〈怪盗セイント〉だとすると、年齢的には、えーとまだ二十歳にもなっていない頃になるのかな。この日記の日付が正確だとすると、だね」

「セイさんが〈怪盗セイント〉だって書いてあるの？」

「いや、どうも世間を騒がせている〈Last Gentleman-Thief “SAINT”〉なる泥棒に何かを盗まれたと書いてあるね。何を盗まれたんだ？」

「書いていないですか」

「書いてないね。そして盗まれたということは、やはり〈Last Gentleman-Thief “SAINT”〉は息子である〈ドネィタス・ウィリアム・スティヴンソン〉なのか、と推測しているね。そこに至るところまでは書いていない、か。ここでしおりが挟まっているページは最後だね」

「伯父さんのことだから、きっちり調べたんだろうから、信用していいわよねそこは。全部読まなくても」

桔平さんが言うと、旦那さんはちょっと首を傾げた後に、そうだね、って頷きました。

「まぁどのみち後でミケさんに贋作を作ってもらうときに、これらのページの記述を全部書き換えなきゃならないんだ。そのときに一応全部確かめてみよう」

「そうだね」

桔平さんも頷きました。

「とりあえず、〈矢車聖人〉が〈怪盗セイント〉だと直接は書いていない。セイさんのお母さんの名前とセイさんの英語名が書いてあるだけだ。なので、ミケさんがそれを知っているとはここら辺の人は絶対に思わないから、桔平が頼みに行っても何の含みもないって思ってくれるだろうね」

「そうね」

ミミ子さんも頷きます。

「私だってセイさんのお母さんの名前なんて知らなかったんだから、ミケさんが知ってるなんて思わないわ。ミケさんと亜弥ちゃんは淳ちゃんを通じて知り合ってはいるだろうけど、そんなに親しくはないはずだから」

「さて、そこで、だ」

旦那さんが、人差し指を立てました。

「ミケさんに、桔平がお願いをしに行くわけだ。これこれこういう事情なんだ。そこで思いついたのが、僕から聞かされていたミケさんの修復の腕だとね。何とか協力してくれないか、と」

「そうだね」

「その際に、もちろん本物はセイさんに自分から渡すつもりだと言えばいい」

桔平さんも頷きます。

「で、桔平はもちろん行くとして、だね」

旦那さんが、うむ、って感じで唇を一度への字にしました。

「一緒に、せいらちゃんも行った方がいいと思うんだ。ミケさんに会いに」

「わたしもですか？」

桔平さんが、ちょっと眼を大きくしました。

「一緒に行ってもらうのはいいけど、どうして？　ボク一人でもミケさんは話を信じてくれると思うけど」

「お前は、ミケさんとはほとんど会ったことないだろう」

「ないわね」

「いや、わたしも何度かすれ違って挨拶したぐらいですけど」

旦那さんが静かに頷きます。

「そこはね。女性同士だよ桔平。いやお前のことはわかってはいるけれども、ミケさんはお前のことをよく知らないし見た目は男だし、そして革職人として話をするときのお前は男成分が多くなるだろう？」

「あー、確かにね」

男成分ですか。

「そして、美術のことを何も知らないせいらちゃんがいて、なおかつせいらちゃんはセイさんとも親しく話をしている。そういう要素がミケさんに向かうには必要だと思うんだ。さらに、二人は恋人同士ぐらいの気持ちでいた方が」

「恋人、ですか」

思わず桔平さんと眼を合わせてしまいました。桔平さんみたいな人が恋人だったらそれはとっても嬉しいかもしれないですけど。

桔平さんが軽く頷きます。

「将来のことはわからないけど、今のところはただの友人よ？　いや床屋のどら息子と従業員」

「そうですね」

いえどら息子ってところじゃなくて。

「シンパシーってところかな」

「シンパシー」

「ミケさんはね、いや僕もそんなに親しいわけじゃないけれども、〈あかさか〉さんから聞いたりしてるんだよ。淳ちゃんと恋人なんだけど、自分が、ほら孤児ってことでね。そもそもどこの誰かもわからない天涯孤独な女が、刑事の妻になんかなったりするのはどうなんだろう、みたいな」

それは。

「何の問題もないですよね」

「ないけれどね。言葉は悪いけれども、スネに傷持つ人間ってミケさんは自分のことを思ってる節があるってことさ」

なるほどね、って桔平さんが頷きます。

「天真爛漫《てんしんらんまん》なせいらちゃんと、嘘だけど、美術品ハンターとか言いながらちょいと泥棒してきちゃったボクのカップルを、自分と淳ちゃんと重ね合わせるってことね。それでミケさんにシンパシーを感じさせて、企みがあることを気づかせないようにするってことね」

「そういうことだよ」

☆

ミケさんといちばん親しいのはもちろん淳ちゃん刑事さんで、桔平さんは淳ちゃん刑事さんをよく知っていますけど、まさか淳ちゃん刑事さんを通じて会うわけにはいきません。

誰にも知られないようにするのがいちばんいいのです。

ミケさん、東京の専門学校で講師をしていて、〈たちばな荘〉に帰っていくときには必ず〈バーバーひしおか〉の前を通ります。なんたって、〈バーバーひしおか〉と、ミケさんの住む〈たちばな荘〉は同じ商店街の一丁目なんです。裏に回れば〈バーバーひしおか〉の小さな庭と〈たちばな荘〉はほとんど隣り合っているんですから。

そこで、わたしと桔平さんがミケさんが帰ってきたのを見計らって、もちろんしっかり見張っていて、部屋を訪ねることにしました。

シンプルに、直接的に、それがいちばん誰もが納得するやり方だって旦那さんが決めたのです。

〈たちばな荘〉に入るのも初めてでした。すごくクラシカルな、まるで明治時代の建物のようなアパートなんです。ここの人たちは長く住んでいる人たちがほとんどで、皆さん〈花咲小路商店街〉のこともよく知っています。何人かの方はうちにも髪を切りに来てくれています。

ミケさんの部屋は、二階です。あまり人に会うのもなんですから、桔平さんと二人で誰もいないのをそっと確かめながら階段を上っていきます。

ちょっと緊張します。ドアをノックしました。

「はーい」

中からミケさんの声がして、ドアが開きました。ミケさんです。

まださっき店の前を通ったときの外出着のままです。といってもミケさんはいつも黒っぽい格好で、ミケというよりクロネコみたいなんですけど。

あら、って小さく言ってミケさんが微笑んでくれました。

「えーと」

「〈バーバーひしおか〉の谷岡せいらです」

「そうそう、せいらちゃんよね」

「お久しぶりです。同じく〈バーバーひしおか〉の桔平です」

こくん、と、ミケさん微笑みながら頷きました。

「帰っていたんですね、日本に」

「ええ、そうなんです」

「あの、ちょっとお願いがあって来たんですけど、突然ですみませんけれど」

「お願い」

「はい」

「私に？」

「そうなんです」

ミケさん、ちょっと不思議そうな顔をしましたけど、すぐに微笑んで、どうぞー、って招き入れてくれました。

「散らかってますけど」

「いえ、すみませんありがとうございます」

散らかってなんかいません。ものすっごくシンプルで、カッコいい部屋です。部屋自体は木造建築で本当に古いんですけれど、まるで映画のセットみたいです。

「あ、どうぞどうぞ、ちゃぶ台と座布団しかなくてすみませんけれど」

「すみません」

座布団がカワイイです。

「これ、ひょっとして座布団カバー、ミケさんの手作りですか？」

「そうなの」

ミケさんが笑います。

「すっごくカワイイです」

「ありがと、実は販売もしていますのでよろしく」

「え、そうなんですか！」

ミケさん、自分が描いた絵や作った小物なんかをサイトで販売しているんだって話してくれました。

「まぁお小遣い程度の収入なんだけどね」

「いえ、スゴイです」

コーヒーマシンがあって、コーヒーを淹れてくれました。ミケさん、こうやって間近でお話しするのは初めてですけど、カッコいい女性です。見惚れてしまいそうです。

「それで、ミケさん」

「はい」

ちゃぶ台を挟んで、桔平さんがミケさんと向かい合います。

「伯父から聞いたんですが、以前、絵画の修復の仕事をお願いしたことがあるそうですね」

こくん、と、ミケさん頷きました。

「その節はお世話になりました。楽しいお仕事でした」

「今日は伯父には内緒で来たんです。できれば、いえ、誰にも内緒のお仕事を頼みに来たんです」

ミケさん、ちょっとだけ顔を顰めました。

「それは、修復のお仕事ってことですか」

「正確には、複製、もしくは贋作を作ってほしいというお願いです」

「贋作」

ますます眉間に皺が寄りました。そういう顔をしてもミケさんカッコいいです。なんか、宝塚の男役みたいです。

「実はボクは、美術品を蒐集するハンターをやっています。ご存じですよね？　美術界でそういう仕事をしている人たちのことを」

ミケさんの形の良い瞳が、丸く大きくなりました。

「ハンターを」

桔平さんが説明するのを黙って聞き終えると、ミケさんは少し眼を細めました。

「〈ポーセリン・プラーク〉は、そのまま複製を作る。なおかつ〈日記〉の指定の部分は桔平さんが書いた別原稿に差し替えて作る。その複製を向こうに返却する。つまり、その貴族を騙すために私は複製を作っちゃうってことね」

そう言って、少し難しそうな顔をします。

「そうです。騙すというその点は、何とか呑み込んでくれませんか。この日記は間違いなくセイさんの過去に関係するものなんですよ。ミケさんは、あまりセイさんとは関わりがないとは思いますけど、ボクたち商店街の子供は、小さい頃からたくさんセイさんにお世話になってきて、皆セイさんが大好きなんですよね」

桔平さんが、真剣な顔をして言います。こんな表情の桔平さんを見るのは初めてで、びっくりしちゃいました。

演技が、巧いです。

「これを持っていたポーツマス卿は中身なんか読んでいないんですよ。そもそもがらくた入れみたいなものに入っていたんですから。どうでもいいものなんです。だから黙って持ってきちゃったんですけど。でも、もしもこれをきっかけにしてセイさんのことを知ってる誰かの手に渡ってしまったら、またあの三体の石像を巡って面倒くさいことになっちゃうかもしれないんですよ。確かにボクのせいなんですけど、どうしてもそれは、避けたいんです。もうセイさんには、静かにこの商店街でずっと暮らしてほしいんですよ」

お願いします！　って桔平さんが頭を下げるので、わたしも精一杯真剣に頭を下げました。

「わたしからもお願いします！　わたしはまだここに来て日が浅いんですけど、セイさんのことは大好きになりました。そして」

顔を上げて、ミケさんを見ます。

「わたしも、ここでずっと暮らしていきたいって思っているんです。そのためにも、ここはずっと平和な、賑やかな商店街であってほしいんです」

ミケさんが、少し唇を噛んだ後に、こくん、と頷きました。

「わかりました。やってみます」

「ありがとうございます！」

桔平さんが本当に嬉しそうな声を出しました。

「制作に必要な素材や材料は、桔平さんの方で用意してくれるんですよね」

「もちろんです。〈日記〉の紙からインクまでボクが用意します。あ、製本はもちろんボクがやります。〈ポーセリン・プラーク〉を焼く窯の紹介もボクがします。ミケさんに用意してもらうのは、その絵とデザインの腕と時間だけです」

「時間は、これだけのものを複製しようとするならば、少なくとも二ヶ月は見てもらわないと困りますけど」

「もちろんです。ゆっくりやってくださいとは言えませんが、しっかり納得のいく形でお願いします。そしてギャラの方なんですけど、こんな感じでどうでしょうか。もちろんボクのポケットマネーからです。着手金半分、完成後に半分ってことで」

いきなりiPhoneを取り出して商売人のように電卓を打ちました。どれだけの金額を打ち込んだのかは見えなかったんですけど、ミケさん、ゆっくり頷きました。

このお金はもちろん後から旦那さんが上手いこと凌一郎さんに請求するそうです。

「とても異例のことなので相場はわかりませんけれど、それで結構です」

「よろしくお願いします！」

ミケさんが、にっこり微笑んで言いました。

「やりがいのあるお仕事になりそうです。頑張ります」

☆

夏が終わって秋の気配が〈花咲小路商店街〉にも漂ってきました。

桔平さんはずっと日本にいて、〈白銀皮革店〉で機材を借りて自分の仕事をしたり、お友達と遊んだり、のんびりと毎日を過ごしていました。

ミケさんは、ときどき進捗状況を桔平さんにメールで連絡してきて、わたしも一緒にそれを見ていました。初めて〈日記〉のページを複製したものを見せてもらったときには、本当に驚きました。

そっくりそのままなんです。どっちが本物かわからないぐらいに。

「きっとスキャンしてコンピュータで精査してもほとんど違わないと思うわ」

「そうですよね！」

感心したように桔平さんが溜息をつきました。

「この技術をロボットができるようになるまで、あと何年かかるかしらね」

「できるようになるんですか？」

なるわよ、って桔平さんが軽く言います。

「でもきっと、ロボットが複製したものと人間が複製したもの、寸分違わぬものになったとしても、最終的に人間が選ぶのは人間が複製したものだと思うわ」

「どうしてですか」

うん、って力強く頷きます。

「精神論とかじゃなくて、やっぱり魂よ。心を込めて作ったものには作り手の何かがそこに宿るの。そして人間はそれを感じ取れるの。ロボットが意思を持つようになったらわからないけど、それまでは芸術は間違いなく人間の最高の表現物なのよね」

難しいことはともかくも、芸術を素晴らしいと感じ取れるのはいいことだと思います。

『永遠の淑女』のポーセリン・プラークは、一ヶ月もしないうちにミケさんから完成の連絡があって、桔平さんと二人で取りに行きました。

焼いてもらったのは何故か北海道の窯だったそうです。気候がイギリスに少し似ているからだそうで、桔平さんの知り合いのところだったんですけど、ミケさんも素晴らしい腕だわって言っていました。

そもそもポーセリン・プラークに関しては、この絵なら模写するのはそれほど難しくはないとミケさんは言っていて、すぐに出来上がったんです。何といっても焼き上がりが重要だったんですよね。

完璧でした。

本物と二つを並べたらどっちがどっちだかわからなくなるほどに。旦那さんも、さすがだなぁと感心していました。

「少なくとも僕の眼にはどっちも同時に焼かれたものだと見えるね」

太鼓判を捺していたのでもう間違いなく完璧です。

そして〈日記〉の中身も一ヶ月半ぐらいでミケさんから桔平さんに手渡されまし

た。もちろん、こっちも完璧でした。

もちろん当時の紙質と現代の紙質の違いがありますから、機械とかで分析したらすぐにどっちが本物かはわかるでしょうし、実際に最初に本物を見たわたしたちは何となくわかりましたけど、知らない人が見たら全然わからないです。

製本は、桔平さんがやりました。革職人として革表紙の本の製本の仕方もイギリスで習得していたんだそうです。

仕上がった〈日記〉をミケさんに見せに行くと、納得するように大きく頷いていました。

「〈白銀皮革店〉の克己くんに、桔平さんの評判は聞いていたんだけど、本当ね」

凄いわ、って唸りました。

「ヨーロッパで引っ張りだこっていうのもわかる。この仕事が一緒にできて、本当に良かったわ」

ミケさんが言いました。その表情に、何だかいろんなものをわたしは感じちゃって、それが何の感情なのか一瞬わからなくなって思わず訊いちゃいました。

「楽しかったってことですか？」

ミケさんは少し眼を大きくさせてから、にっこり微笑んで頷きました。

「そうね。楽しかった」

「そう言ってもらえると、嬉しいわ」

桔平さんも、嬉しそうに言っていました。

「本物は、すぐにセイさんに渡すのよね」

ミケさんが訊くと、桔平さんが頷きました。

「複製が向こうに着いたのを確認してからね。もちろん、ミケさんにご迷惑を掛けるようなことには絶対になりませんので、ご安心を」

☆

桔平さんがまたヨーロッパの方へ戻るそうです。

今度はしばらくスペインにいるとか。この家ではいつものことなので、旦那さんもミミ子さんも特に何かをするわけでもなく、身体に気をつけるのよ、とか言っていました。出発の日がちょうどお休みの日で、予約も特になかったし、そもそもわたしは海外の方面の空港には行ったこともなかったんです。

そう言ったら、じゃあお見送りしてちょうだい。ついでにデートしましょうって桔平さんが言ってくれて、はいはい、って喜んでついていきました。

桔平さん、本当に身軽です。海外に出るというのに小さな鞄ひとつです。

「そもそも荷物は全部向こうにあるからね」

「そうなんですね」

「あちこちに知り合いがいるから、部屋を借りられるのよ。それで日本に帰ってくる前に、次に住むところに全部送っちゃうの。日本に来れば部屋があるんだから、ほら、荷物は鞄ひとつでいいでしょ」

確かにそうです。桔平さんの仕事ぶりも、そして暮らし方もなかなか羨ましいものがあります。

空港に着いて、初めてなら展望デッキに行ってみる？　って言われて飛行機が見えるところに来ました。

飛行機って、飛ぶところを見るとわくわくしますよね。

「実はね、せいらちゃん」

桔平さんがわたしを見ました。ニコッと微笑みます。そうやって微笑まれると、本当に桔平さんって男か女かわかりません。

「何ですか？」

「内緒なんだけどね。〈鋼鉄のセーラ〉を信じちゃうけど」

「もちろん、信じていいですよ」

どんな内緒話かわかりませんけど、わたしは本当に〈鋼鉄のセーラ〉です。秘密は絶対に守ります。

「ボクね、美術品ハンターっていうのはね、本当なんだ」

一瞬何の冗談を言ってるのかわかりませんでしたけど。

「え？」

美術品ハンターが本当って。

「どういうことですか」

「だから、ハンターなのよ」

「桔平さんがですか？」

「そう」

「そういう嘘をつこうと話して、そうしましたよね」

「いや、そうじゃなくて、実は本当に美術品ハンターなのよ」

何を言ってるんだこの人は、って思ったんですけど、桔平さんの眼は笑っていません。

「本当にですか?!」

そうなのよ、って手をひらひらさせて微笑みます。

「まぁそういう人たちって、自分たちをそう呼ぶのはあくまでも人に説明するときで、ボクたちは単にcollectionをしている、collectorってことなんだけどね」

「コレクター」

さすがに桔平さんは英語の発音が素晴らしいです。

「え、でも革職人ですよね桔平さん」

「そうよ。そのついでに美術品ハンターもしているの。もちろんこれは父さんにも母さんにも、そして朱雀家の誰にも内緒なんだけど」

眼をパチクリさせてしまいました。

桔平さんは本当の、本物の美術品ハンター。

と、いうことは。

「え、まさか」

突然浮かんできたその考えに思わず言ってしまうと、ニヤリと笑って桔平さんが頷きます。

「本当にせいらちゃんって勘が鋭いわよね。理容師の仕事だけしているのがもったいないぐらい」

「じゃあ」

〈ポーセリン・プラーク〉の『永遠の淑女』と〈怪盗セイント〉の秘密が書かれた前ポーツマス卿の〈日記〉。

その二つの品物は。

「実は、桔平さんが日本に持ち込んできたんですか！　盗んできたんですか？　あの凌一郎さんのところに持ち込んできたハンターっていうのが桔平さんだったんですか？」

あ、違う、って自分で言ってすぐに思いました。今、桔平さんはハンターであることは朱雀家の誰にも内緒って言いました。

ということは凌一郎さんもそのことは知らないんです。

じゃあ。

「今回のことって、まさか、何から何まで全部、最初から最後まで桔平さんが仕組んだことだったんですか？　あの凌一郎さんまでも騙して、父親である旦那さんをも使って、ここまでやったってことですか」

「そうなのよ」

そうなのよ、って。

「え、わかんないです。どこがどうしてどこからどうなって何がどうなったんですか？」

「落ち着いてせいらちゃん」

落ち着いてますけど。

「桔平さんをハンターってことにすればいい！　ってわたしが言っちゃったんですけど、でも実は本当のハンターで、桔平さんは最初からそういう展開になることを読んでいたってことなんですか」

桔平さんが、苦笑いしました。

「仕組んだのは確かにボクなんだけどね。まさかボクをハンターってことにしちゃいましょうってせいらちゃんが言い出すとは思わなかったけど。あれはスゴイ勘よねぇ、心の底から驚いちゃったもの」

突然日本に帰ってきた桔平さん。

言われてみれば桔平さんが帰ってきてうろうろしているところに、凌一郎さんから〈ポーセリン・プラーク〉と〈日記〉の話が来たんです。

確かに、タイミングはどんぴしゃです。

全然、気づきませんでした。

「旦那さんだってミミ子さんだってまるで気づいていませんよ!?」

「気づかれたら困るからね。そうならないようにしたんだけど、上手くいったのはせいらちゃんのおかげよ」

わたしは何もしていませんけれど。

「どこから始まったんですか」

うん、って桔平さんが頷きます。

「長くなっちゃうんだけどね。まず、まだ新参者でもあるせいらちゃんがわかりやすいように、最初から話すね」

「そうしてください」

桔平さんの乗る飛行機の時間までは、まだたっぷりあります。この後ご飯も食べるのですっごく早く来たんですから。

「〈怪盗セイント〉の正体は、〈花咲小路商店街〉のかつての地主でもあったセイさんこと矢車聖人。これは真実だよ。そしてね、ボクはセイさんの仲間でもあるのよ」

「仲間」

「ついでに言うと、〈白銀皮革店〉の克己と二丁目の〈松宮《まつみや》電子堂〉の北斗《ほくと》も仲間なのよ。セイさんの」

克己さんと北斗さん。まだそんなにお話はしたことないですけれど知ってます。確かに行動力のある克己さんと、電気やコンピュータに精通している北斗さんですから、そう聞かされたらすっごくそれっぽいですけど。

「仲間って、怪盗の仲間なんですか」

「何かを盗んだりはしないわよ。正確に言えばセイさんはもう引退した身なんだから、ただの一市民よね。でも、生きていく中でいろいろあるでしょ。おかしな連中に絡まれるとか、ちょっとした騒ぎとかトラブルとか」

「ありますね」

「そういうのでね、かつての〈怪盗セイント〉の技を生かして動くときに、お手伝いする仲間よ。セイさんの事情を知ってる若い友達ってこと。ボクはその中でも海外担当。ほとんど向こうにいるからね」

なるほど。それは、そうなるのはよくわかります。

「そしてね、父さんが勘付いていたように、ミケさんは本当に〈怪盗セイント〉の弟子だったの。正真正銘、〈怪盗セイント〉のいろんな技を受け継いだ人。セイさんの全てを知っているような人。実の娘の亜弥っぺよりもいろんなことを知っているわね」

「え、じゃあ、ミケさんも仲間じゃないですか。桔平さん、ミケさんのことはあんまり知らないって」

あれもお芝居だったんですか。

「違う違う。ミケさんは弟子だけど、仲間じゃないのよ。ボクは本当にミケさんのことはよく知らなかったの。今回ちゃんと話を聞いただけ」

「今回」

桔平さんがニコッとします。

「今回、よ。あのね、ミケさんの生い立ちについては父さんが話していたわよね。あれは正解なの。ミケさんは天涯孤独の身の上なのよ。そしてね、施設で暮らしていたまだ幼稚園ぐらいのときに、何か嫌なことがあったのね。その施設を抜け出して、たまたま、まだもう少し若い頃のセイさん〈怪盗セイント〉の、ある現場に出くわしてしまったの」

「そのときは、〈怪盗セイント〉の仕事だったんですね」

「そう。二十年以上も前の話だから、まだボクらもちっちゃい頃よ。そこで、ミケさんは自分はひとりぼっちだから泥棒の仲間にして連れていってくれって頼んだ。でも、セイさんは、仲間にはできないけど弟子にしてあげようって言ったのよ。もちろんあれよ？　後日ミケさんの身の上を全部調べた上での話よ」

「じゃあ、ミケさんを学校に通わせたり、美術方面のことを教えたりしたのは、全部」

「そう、セイさんこと〈怪盗セイント〉よ。自分が〈怪盗セイント〉であることを秘密にする代わりに、ミケさんに〈一人でも生き抜ける力〉を与えたのね」

「そうだったんですね」

桔平さんが、少し空を見上げました。

「当然、ミケさんは〈怪盗〉としての技も受け継いだ。そしてミケさんは、そういう技を使って、探偵みたいな仕事をしてきたの。それで、ある意味では非合法なこともしてきたのよ。もちろん、人を傷つけるようなことじゃなくて、日本の法律に照らし合わせればってことね。たとえば、何かを調べるのにこっそりどこかに入り込んだりってこと」

「不法侵入、とかですか」

「そういうことよ。それは自分の生きる術だったの。〈怪盗セイント〉の弟子として美術品を取り戻すこともやってきたそうよ。あくまでも、取り戻す、よ？〈怪盗セイント〉は自分の欲のために盗みなんかしないわ」

「わかります。元のところに戻すんですね？　もしくは悪党から取り返すんですよね」

「そういうことよ。でも、確かにそれは法的には犯罪。でも、決してセイさんはミケさんを仲間にはしなかった。あくまでも、弟子。弟子は成長したら当然師匠の下を離れるわ」

「そして一本立ちしますね」

「そうよ。ミケさんはもう一本立ちしてるの。〈怪盗セイント〉とは何の関係もない一人の女性。だからプライベートでもセイさんは、偶然でもない限りはミケさんと関わりを持とうとしなかったの。わかるわよね？」

関わりを持とうとしなかった。

「それは、いずれミケさんが女性としての幸せを摑むときに、セイさんとの、じゃなくて〈怪盗セイント〉との過去が邪魔になっては困るからですか？」

まさしく、って桔平さんが人差し指を立てました。

「しかも、何の運命か、よりによって刑事さんとミケさんは恋仲になってしまった。もう結婚もしようかっていうところまで来てしまっている。でも、もうひとつ、踏ん切りがついていないの」

「それは」

「いろいろあるんだけど、決定的なのはミケさんの気持ちだったのね。こんな自分が本当に刑事の妻になっていいのか迷っていた。だから、きっかけをあげたかったのよ。セイさんは」

「セイさんが」

「ミケさんが刑事である〈あかさか〉の淳ちゃんと結婚したいのはわかっているけど、ミケさんは〈怪盗セイント〉の弟子であったことを一生隠さなきゃならない。封印しなきゃならない。もう二度と、〈怪盗セイント〉から受け継いだものは、美術の腕以外は使わないっていうね」

「きっかけを、あげたかった」

桔平さんが大きく頷きました。

そうですか。

そういうことですか。

「今回の、大本になったのは、セイさん」

「そう。〈怪盗セイント〉の母親が描かれたポーセリン・プラークの『永遠の淑女』と〈怪盗セイント〉の秘密が書かれた前ポーツマス卿の日記。この二つの複製を作るなんて仕事は、本当に本当の大仕事よ。自分の人生を懸けてもいいほどの。そしてね、これで〈怪盗セイント〉の弟子としての全てを終わらせて、新しい人生を歩める、と決意できるほどの」

桔平さんが、にっこりと微笑みます。

「じゃあ、セイさんは『永遠の淑女』と日記がポーツマス卿のところにあるって、知っていたんですか?」

「ううん、それはね、本当にボクが偶然見つけたの。もう結構前のことなのよね。

それでどうしようかってセイさんに連絡をしていたんだけど、そんなときにミケさんと淳ちゃんが結婚を考えてるって。そしてミケさんが悩んでるっていうのがわかったの」

「それで、セイさんが今回の」

うん、って桔平さんが頷きます。

「最初はね、上手いこと伯父さんと父さんをだまくらかして何とかしようかなって思っていたんだけど、せいらちゃんがうちに来ていてくれて良かったわぁ。本当に助かっちゃった。大団円よ」

じゃあ。

「あれで、ミケさんは本当に踏ん切りがついて、淳ちゃん刑事さんとの結婚を決意したんでしょうか」

「したわ。間違いなく。ま、あそこは、あそこって〈和食処あかさか〉ね。おじいちゃんがもうお年だから店をどうするかとか、そういう話は出てくるだろうけど、淳ちゃんは孫だし、些細な問題よ」

〈和食処あかさか〉は本当に美味しいんです。わたしもよく食べに行くんですけど、そうですよね。あそこも跡継ぎ問題があるんですよね。

「でも、今更ですけど、そんな話をわたしにしちゃって良かったんですか？　わたしはこれで桔平さんの秘密も、克己さんと北斗さんのことも知っちゃったんですけど」

「いいのよ。だって〈鋼鉄のセーラ〉でしょ？」

それは、そうなんですけど。

「セイさんも言ってたわ。せいらちゃんは、いい子だって。ああいう子にいつまでもこの〈花咲小路商店街〉にいてもらって、いい商店街にしてほしいって」

だから、って桔平さんはわたしの手を両手で柔らかく握りました。

「これからもよろしくね。またしばらくいないけど、母さんや父さんのこともね」

もちろんです。

どんとこいです。

epilogue

〈バーバーひしおか〉はけっこう古い家なので、冬はちょっと寒くてお店には石油ストーブを出すんです。

これが、お客様たちには意外と評判なんですよね。暖かくて、いつもその上に昔ながらのたらいを置いてお湯を沸かしているので、なんだか気持ちが良いんだって。それこそ昔はここに器具を置いて、ハサミや櫛《くし》なんかを蒸気で消毒していたんです。祖父の店でもそんなことをやっていました。蒸しタオルを作ったりもしました。

今は衛生上そんなふうには使いませんけれど、お年寄りの中にはそのたらいのお湯でタオルを温めてくれ、なんて言う人もいます。

そんな冬もようやく終わりを告げて、ストーブも片づけて、お店の扉を開け放しておくと気持ちの良い風が入ってくる春。

「春ですねぇ」

そんなふうについ呟いてしまう気持ちの良い朝です。

「春ね」

ミミ子さんもにっこり笑って、朝ご飯の片づけものを終えた旦那さんも、ソファに座って新聞を広げながらうんうんと頷いているところに、〈和食処あかさか〉の辰《たつ》さんがやってきました。

「おはよう」

「あら、おはようございます辰さん」

辰さんはもう七十過ぎのおじいさんです。辰さんのお店は〈花咲小路商店街〉でもかなり古株なんですよね。でも、辰さんは先日倒れてしまって、もうお店で料理はできなくなってしまったんです。

「いつものようでいいですか？」

「おう、髭も当たってくれよ」

「はい」

辰さんは、ミミ子さんがまだいいんですよね。わたしはミミ子さんのお手伝いだけします。

「どうですか、身体の具合は」

椅子に腰掛けた辰さんに、旦那さんが訊きます。

「なぁに、普段は別にどうってことねぇよ。ちょいと手が不自由なだけでな」

右手がよく動かないようなんですよね。

「まぁ望《のぞみ》がな。しっかりやってくれるんでもう心残りはねぇしな」

「いやいや心残しておいて、いつまでも元気でいてくださいよ」

旦那さんが言って辰さんも笑います。

わたしはまだ会ったことないんですけど、望さんという若い人が跡を継いでくれるんですよね。〈喫茶ナイト〉をやっていた仁太さんの手伝いをしていた、仁太さんの甥っ子さんだそうです。

どういう話でそうなったのかはわたしはわかんないんですけど、〈喫茶ナイト〉は今度はミケさんが改装して新しいお店をやることになったそうです。そして、〈和食処あかさか〉は辰さんの後釜として、望さんが入るとか。

「淳ちゃん、結婚式の日取りも決まったんですもんね」

ミミ子さんが言うと、辰さん嬉しそうに頷きました。

「何だかそういう話になってから長かったけどな」

お相手は、もちろんミケさんです。〈喫茶ナイト〉の二階が淳ちゃん刑事さんとの新婚家庭になるみたいです。

「そういやな」

辰さんがくいっ、と顎を動かしてわたしの方を見ました。

「あきらちゃんがな」

あきらちゃん？　と一瞬思いましたが、ミケさんですね。ミケさんの名前はあきらさんです。

「前に、せいらちゃんと、それから桔平にはお世話になったって言ってたな」

「え？　わたしもですか？」

「おう。なんだかよく知らんけど、良くしてもらって嬉しかったってな。そんな話をばあさんとしていたな」

ばあさんとは、奥さんの梅《うめ》さんのことですね。

「何でしょうかね」

たぶんあのことだとは思いますけど、にっこり微笑んでごまかしておきます。

「桔平とうちの淳は、どうだったかな。そんなに年離れてなかったよな」

「淳ちゃんはね、桔平の二つ先輩よ。だから小中は一緒だったけど、淳ちゃんはすぐにいなくなっちゃったからそんなにたくさん遊んだとかはなかったかしらね」

「じゃあ、桔平はまだ三十前か」

そうね、ってミミ子さんが頷きます。

「またどっかの外国に行ってるのかい」

「今はイギリスみたい。でも近いうちに帰ってくるって言ってたわよねあの子？　せいらちゃん」

「あ、言ってました。たぶん十日後ぐらいには戻ってきます。それぐらいの飛行機のチケットが取れたって言ってました」

そうかい、って辰さんが言って、眼だけで旦那さんを見ます。

「そういう放浪癖みたいなのは、凌次郎さんに似たのかね」

「そうですかね」

旦那さんが苦笑いします。

「僕も若い頃はあっちこっち行ってましたからね。うちの血筋はそうなんじゃないですかね」

「まぁでもあと四、五年もすりゃあ、落ち着くだろ。あれだな。〈バーバーひしおか〉はうちみたいに跡取りの心配はしなくていいみてぇだな」

跡取りですか。

ミミ子さんがちらっとわたしを見ます。旦那さんも、新聞をバサッとさせて微笑みます。

「え、わたしのことですか辰さん」

「桔平は革の職人だろう？　髪切りを任せられるのは、せいらちゃんしかいねぇじゃねぇか」

辰さんが笑いました。

「いえいえ」

任せられるのは嬉しいですけど、ここの跡取りだなんて。

「ちょうどいいじゃねぇか。凌次郎の旦那みたいによ。桔平がふらふらして髪結いの亭主でよ。せいらちゃんが店を取り仕切るのよ」

辰さんが言って、旦那さんが苦笑いしました。

「そうなったら嬉しいけど、そこまで僕に似なくていいですねぇ」

ミミ子さんがわたしに笑いかけました。

わたしも笑っておきますけど、髪結いの亭主の女房は、どうなんですかねミミ子さん。

美術骨董品についてはジュディス・ミラー『西洋骨董鑑定の教科書』（パイ　インターナショナル）を参考資料にさせていただきました。その他、ウィキペディアを中心にネット上の西洋美術品に関する様々な知の集合体を執筆の際に参照させていただきました。多くの方々の文業に感謝いたします。

この作品は二〇一九年十二月にポプラ社より刊行されました。

花咲小路一丁目の髪結いの亭主

小路幸也

2021年12月5日　第1刷発行

発行者　千葉 均
発行所　株式会社ポプラ社
〒102-8519　東京都千代田区麹町4-2-6
ホームページ　www.poplar.co.jp
フォーマットデザイン　bookwall
組版・校正　株式会社鷗来堂
印刷・製本　中央精版印刷株式会社

N.D.C.913/331p/15cm　ISBN978-4-591-17207-0

P8101436

失せ物屋お百

廣嶋玲子

「化け物長屋」に住むお百の左目は、人には見えないものを見る不思議な力を持つ。お百はその目を使っていわく付きの捜し物を行う「失せ物屋」を営むが、そこに化け狸の焦茶丸が転がりこんできて――。忘れた記憶、幽霊が落とした簪。奇妙な依頼に隠れた江戸の因果を、お百と焦茶丸が見つけ出す。

ポプラ文庫好評既刊

けものよろず診療お助け録

澤見彰

同心の娘・亥乃が出会ったのは、比野勘八と名乗る青年。挙動が怪しいが、亥乃が抱えるウサギの不調を見抜き、手当の方法を伝えてくれた。勘八は薩摩藩の武士だが、前島津公が集めた様々な動物が暮らす「蓬山園」を管理しており、動物の知識は藩邸一だという。勘八の下には不調を抱えた動物たちが連れてこられるが、その裏には色んな事件が隠れており……。もふもふ多め、心温まるお江戸の動物事件簿！

ポプラ文庫好評既刊

浜風屋菓子話

日乃出が走る〈一〉新装版

中島久枝

老舗和菓子屋のひとり娘・日乃出は、亡き父が遺した掛け軸をとりかえすため、「百日で百両、菓子を作って稼ぐ」という無謀な勝負に挑む。しかし、連れられたのは、客が誰も来ない寂れた菓子屋・浜風屋。仁王のような勝次と、女形のような純也が働くが、二人とも菓子作りの腕はからっきしで――。はたして日乃出は奇跡を起こせるのか？　いつもひたむきな日乃出の姿に心温まる人情シリーズ第一弾！